秀场后排故事：一个真实的时尚圈

Tales from the back row: an outsider's view from inside the fashion industry

［美］艾米·奥德尔　著

李逸　译

重庆大学出版社

目 录　Contents

Tales from the back row:
an outsider's view from inside the fashion industry

Introduction

引 言

Tales from the back row:
an outsider's view from inside the fashion industry

“我爱这场时装秀！”一位穿着九分裤的潮男正在和一位踩着“恨天高”的女士交谈。

“我也很‘稀饭’！”纤弱的她说着一口意大利式的英语回应道，“‘介’是一场无与伦比的时装秀！”

那是2008年2月的一个星期三，天气阴冷潮湿，一场时装秀刚刚结束。退场的时候，我发现我们居然就身处纽约著名的红灯区！这里到处流淌着欲望的火焰，无数远近闻名的夜店鳞次栉比。年轻设计师王大仁（Alexander Wang）刚刚用自己设计的“破洞紧身裤袜、护腿”和“令人兴奋的背心”成功点燃了观众们的激情——这就是一年两度席卷纽约，网罗天下怪杰的时装周。可是也正因为时装周的种种“怪异”，几乎每个人都在这八天里极尽吐槽之能事。至于那些远离时尚圈的普通市民们则对此大惑不解，为什么那些清瘦的时尚人士非得在那几天蜂拥而至，阻塞交通？

彼时的我已经是一名所谓的“时尚人士”了。两天前，我刚刚成为《纽约》（*New York*）杂志官网*Cut*的第一任博主，负责杂志时尚封面的策划。在那时的我看来，两双同样的破洞紧身袜本身是没有区别的，而所谓的时尚，无非就是让同样的袜子在时尚的语境里实现意义的转化。我以为我很懂时尚，但是在我从王大仁的时装秀上退场的那一刻，我发现了这样一个事实：从《天桥风云》（*Project Runaway*）中学习时尚知识以成为时尚达人的妄想，就像通过看《单身汉》（*The Bachelor*）成为犯罪心理学专家一样不靠谱。

五年多的时光匆匆而逝，在无数场时装秀的历练之下，我被聘为*Cosmopolitan*的网站主编。这个网站的内容涉猎甚广、无所不包，从政治到你所吃剩的披萨该如何处理（告诉你一个秘诀：把它对折起来，放进华夫饼烤模里）。但时尚仍然吸引着我，并对我产生了深远的影响——当然这并不仅仅表现在我可以清楚地分辨出两双破洞紧身袜到底时尚与否。

我仍然记得最初的那个时刻，我渴望和身边真正的潮人一样，为王大仁的设计而痴狂。他们衣着的细节处处透露着对服饰的执着，尤其是对皮革的青睐。如同普通人经过宠物商店时，会向小狗们投去爱意满满的目光一样，潮人们也会在自己心爱的皮鞋面前失去抵抗力。那时的我对时尚潮流一无所知，所以也不能理解他们的行为。当然《天桥风云》也无法给我满意的答案。时尚对我来说依旧是一个难解的谜。

在那之后，一个主流DJ杂志的编辑重塑了我对时尚的看法。他和我分享了自己的一次亲身经历：狂欢舞会上，当他坐在一群衣着暴露的女孩中间时，一个念头突然袭来："我是不是不该看这些东西？"

"我是不是不该看这些？"这样的念头也经常在我的脑海中出现。印象中，时尚派对里的怪事层出不穷：人们要么放肆地裸露出他们性感"可口"的大腿，要么身穿牛仔和骆驼皮拼接而成的连衣裤，一些名流甚至在正式出席时尚秀的时候也穿着鸡尾酒会上的奇装异服，因此穿着正常的我反而更像是时尚圈里的一朵奇葩。

旁观者清。"奇葩"的我常常能够发现一系列被圈内人忽略的事实——他们因减肥而暴瘦的大腿已经比手臂还要纤细；为了拍出更好的照片，他们每一次的盛装都充斥着焦虑；与此同时，高贵的自尊又驱使着他们去做一些毫无意义的事情，比如在室内戴墨镜以显示自己执着的时尚追求。

当局者迷。这些被忽略的事实之所以无人提及，正是因为大家都身处其中。在时尚行业里，众人对这一切早已见怪不怪，但是一旦走出这个圈子，大家所珍视和坚守的行为准则会变得一文不名。于是我明白了，"时尚"并不等同于“着装”。

尽管那时的我只参加过数量有限的几场时尚秀，但是我发现在大多数的秀场里，每个人都只是试图让自己表现得兴奋异常，大家都像是在演戏。所以当秀结束的时候，时尚达人们都迫不及待地想要离开——长时间的表演已经让他们精疲力竭。

也正因如此，我觉得大家在王大仁的时装秀上的表现与往常截然不同。这些破洞黑丝袜就像嗅盐[1]一样，唤醒了麻木的观众，完全打破了他们以往对时尚体系的认知。我想要探究这其中的奥秘——究竟是什么赋予了这些人引领风尚的权力？他们究竟为什么热衷于奇装异服，并且最终走向极端？

随着考察的深入，我发现了一些时尚圈的秘辛。我明白了时尚潮人偏爱纯黑装束是因为黑色永不过时，也理解了他们不屑排队这一行为背后的特权意识。除此之外，我还发现了一些时尚圈内的小细节，例如他们往往喜欢用单个词语来宣告和传递最强烈的情感：“迷醉”（obsessed）、“死忠”（dead）、“大爱”（love）……

但与此同时，我和其他圈内人的差异也显而易见。我会穿着无洞的紧身裤和高中时代遗留下来的衣服去参加时尚巡演，也会在面对一块芝士蛋糕时大快朵颐——我和时尚达人们唯一的共同点大概就是我也觉得排队这件事情费时费力。

或许因为我们本来就是两个世界的人，时尚圈里的一切在我看来都是光怪陆离的——时尚达人们将观看时装表演视为信仰，而我在同一个秀场上看

1 嗅盐：smelling salts，又叫“鹿角酒”，一种用于唤醒昏倒的妇女，或治疗轻头晕、头痛的药品。

到的却只是一堆乱七八糟的连衣裤。

那时我已经明白，正是这些时尚潮人们定义了整个产业。当你看到杂志封面上一个明星身穿某设计师设计的裙子时，你看到的不仅仅是一个穿着衣服的模特，更是照片背后的整个团队——设计了这条裙子的设计师、对明星穿着提出建议的造型师、为明星精心修整妆容的化妆师，还有选择了这位明星和这条裙子以代表当下时尚风向的杂志编辑。简而言之，你看到的是一个多人协作完成的作品，这里面包括一大批公关人员，他们将这个模特包装成明星、将设计师炒作成配得上明星咖位和杂志资源的重要品牌。还有无数的影响势力在其间暗流涌动——时尚分析师们可以凭借经济数据和当前的时尚氛围直接向设计师们作出预测，从而影响时尚潮流的动向。事实上，在时尚的语境里，一幅画作的好坏并不体现在它是否能表达言外之意，只取决于它是否能带来千万人追捧的现实利益。然而人们的选择又常常偏离所谓的“大众审美”，倾向于追求新奇和怪异。

一些圈内的时尚人士从昔日的丑小鸭蜕变成了如今的白天鹅；另一些人则像是为时尚而生，他们无师自通。而我两者都不是，我是一个生来就没有时尚细胞的人。

然而这并不代表我对漂亮的服饰毫无兴趣。作为一个迪士尼卡通电影的迷妹，我对亮晶晶的饰品和公主装毫无抵抗力。小时候，一家我经常光顾的童鞋店进了一批亮晶晶的平底鞋，我只看了一眼就彻底沦陷了，于是转头向母亲“宣誓主权”：“妈妈，那是只属于我的鞋子！”

可是我的父母并没有立刻买下那双鞋，反而准备先试探我一番——他们觉得我不“需要”那双鞋。我当时就明白了他们的意思，于是反复保证自己想买这双鞋子并不是因为心血来潮。当时我只是单纯地开始幻想自己穿上这双鞋以后的场景，仿佛有了它以后，我的整个生活都会变得明媚起来。然而父母所考虑的事情却与此不同，他们早已预见了这双鞋子的结局：几个月后我就会把它穿坏，垃圾箱是它唯一的归宿。然而在我不断的撒娇攻势下，他们终于还是妥协了。几天后，我们重新回到了那家店，但是那个时候店里已经没有那款彩色的发光鞋了。店员向我推荐了同一款式的红色。

对年仅六岁的我来说，让我等待新一批的彩色发光鞋到货简直是天理难容。我已经等得够久了，难道售货员看不出来？难道我爸爸看不出来？我只好穿上了那双红色的发光鞋在店里蹦了一圈。我不想把鞋子脱下来，更无法忍受继续等待的痛苦。

“就这双吧。”我对店员确认说。

“艾米，你现在不想要那双彩色的鞋子了？”爸爸说道，“我们可以先预订，这样的话你下周就可以穿上新鞋了。反正我觉得你也不怎么喜欢现在这双鞋。”

就在他走向柜台的时候，我不断地给自己洗脑：“我真的很喜欢这双鞋，那些大人都不懂这双鞋的奇妙之处。”我那时刚看过《绿野仙踪》（*The Wizard of Oz*），经常会有一些可爱的幻想。我以为发光鞋就是通向魔法世界的钥匙，于是便趁大家不注意的时候悄悄地碰了碰那闪亮的鞋跟。我渴望穿越，因为只有在那个魔法世界里，人们才能和我一样认识到这双发光鞋真正的价值。而这其实正是时尚的魅力。没人知道它背后究竟有什么魔力，我们只能被它裹挟着不断前行。所以参与时装周的狂欢在我看来就是一种试图接近这时尚权力中心的努力。

中学的时候，人们已经开始根据服饰区分不同的“阶层”。所谓人靠衣装，衣着朴素的我绝不可能受到帅气橄榄球运动员的青睐，也绝不可能加入

"高端"白富美的行列。而那些漂亮的啦啦队队员们则有机会在橄榄球员们的车上画爱心，甚至帮队员们装饰更衣室（我知道这样的说法会让女权主义者不开心，求放过）。然而我发现那些衣着时尚的潮人们，往往会费尽心机地掩饰自己精心打扮的痕迹（美的第一要义是精雕细琢，第二要义是不着痕迹）。这是我在学校第一次发现服饰和社会地位之间有着千丝万缕的联系。之后，我成为了一个时尚记者，于是从专业角度研究和分析这一联系成为了我毕生的事业。时尚并不等同于衣着，它包含着许多其他的内容——购买一条时髦的长裙时，需要考虑的不仅仅是你的经济能力，还要考虑穿着的情境。如果在没有时尚人士和名流到场的情况下穿着这一身古怪的长裙出场，只会带来尴尬。

高中毕业以后，我去了纽约大学攻读新闻专业。在纽约，我尝试着去夜店玩，以弥补我像个书呆子一样过时的高中时期。可是后来，在《纽约观察者》（*New York Observer*）栏目实习期间，我感到了无比的绝望。每次我费尽心血编辑的内容总是被一些无关紧要的明星和红毯新闻所替代。我去了一个又一个秀场和派对，尝试采访和发掘那些时尚怪咖们的内心想法，并找到其外部根源。

那个时候，我意识到时尚行业内部是一个等级森严的体系。你在时尚秀场上的座位好坏完全取决于你的地位。《Vogue》杂志的主编安娜·温图尔（Anna Wintour）是这个行业里最重要的人物——她坐在前排的中间位置，最好的位置。《Vogue》的同名纪录片导演卡特尔（R. J. Cutler）曾经这样形容她的地位："你在好莱坞拍电影可以不需要斯皮尔伯格（Spielberg）的帮助，在硅谷设计软件也可以不经过比尔·盖茨（Bill Gates）的允许。但是在时尚圈，如果没有安娜·温图尔的关照，你永远也别想成功。”安娜在时装周简直可以为所欲为，她可以在演出开始前才进场落座，也可以随心所欲地去后台鉴赏服饰，还拥有优先与设计师交流的特权。其他人则只能坐在各自的位置上观看走秀，这其中也包括了《Vogue》杂志的其他编辑。有时候，《Vogue》杂志的人员太多，有些只能坐在安娜的后面一排看秀，这就给了八卦杂志一些谈资，“降职！《Vogue》杂志的某人和某人秀场屈居二线”一类的标题就会流传开来。我搞不懂为什么《Vogue》要派这么多人同时出席一场时装秀。这到底是为了支持设计师，还是纯粹为了满足他们自己的虚荣心？一个时装秀场真的需要这么多人同时进行工作吗？我找不到答案，但是唯一确定的是，他们的工作人员都很瘦，而且一个个都是“面瘫”。时装周让很多人都筋疲力尽，但是光鲜的衣着和清瘦的身材可以完美地隐藏这一切。

除了《Vogue》，前排的观众里还有其他时尚杂志的编辑（虽然没有《Vogue》那么大的阵仗）、来自重要商场的高端买家、《纽约时报》（*New York Times*）和《华尔街日报》（*Wall Street Journal*）等媒体的时尚评论员，以及明星名流。那么坐在后排的小记者怎样才能知道名人到场了呢？名人们，尤其是那些特别有名的，经常最晚才到秀场，他们身边常常有一两百号狂热的粉丝簇拥着，还有一群穿着制服的保镖左右护卫着他穿过秀场中的几十排座位。名流们一个个都好像刚刚做完脊柱手术从医院出来，被身边的理疗师搀着，完全丧失了行走的能力——碧昂斯（Beyoncé）每次都穿着一双“危险的”细长高跟鞋，被这样搀着进入秀场。

前排的人们衣着光鲜，他们和明星们交谈甚欢，所有的摄影师都众星拱月一般围着他们。

当然没人会围着我拍照，唯一一次被人追着拍照，还是在第五大道街心的一次惊险之旅。大多数时候我只是静静地看着，就像我在会场中的后排位置一样——我被准许进入这个圈子，但我显然不是其中的一员。

· · ·

这本书是为那些主宰时尚行业的人们而作的——博主、时尚潮人、设计师、名流、编辑和模特。他们是这个行业的支柱，也是我毕生与之共事的异类。因此在这本书里，你将窥见整个时尚行业的隐秘。

可以这样说，这本书是为了反抗这个流布着无数谎言和无耻私心的时尚世界而作的。我写下这些故事的目的既不是想冷嘲热讽，也不在于将真相全盘托出——我太热爱时尚这个行业了，所以我不会写出一个像《超级名模》（*Zoolander*）那样没有结局的故事，尽管它在某种程度上的确反映了这个行业的事实。但我从没见过哪个模特会像电影里一样在后台对着便携的手镜“吞云吐雾”。

时尚行业沿着固定的模式运转，不断地吸引新的消费者，尤其是那些不怎么自信的姑娘们，她们往往会觉得自己太穷、太胖、太无趣，或者太传统——我也是其中之一。从某种程度上来说，时尚行业向我们揭示了我们自己对“脱颖而出”的无限渴望。一位精神分析师曾经跟我说，在上大学之前，我们总是试图达到某种世俗的标准。在让自己脱颖而出之前，我们花费了太多的时间去和周边的人“同流合污”。因此时尚是一场彻底的反叛。在时装周上，这一渴望显而易见，即便成年女性戴上了闪闪发光的菠萝头饰博人眼球，也不会有人大惊小怪（这类头饰被人们称作fascinators，英国王室和贵族经常在赛马场上这样打扮，不过一些时尚达人也穿成了这样）。

· · ·

我不是所谓的时尚潮人。“他山之石，可以攻玉”，我身处时尚的边缘，所以能够用我的视角写下与专业杂志迥异的文字。我渴望成为一个时尚的幻想家，而不是解说时尚信息的机器。《Vogue》那样的专业杂志永远不可能告诉你这样一个简单的事实：时尚行业其实光怪陆离。一款Crocodile的双肩包可以卖出50 000美元的高价，仅仅是因为它奇特的造型——同样奇怪的当然还有那些买下这个双肩包的潮人们。

时尚界里到处充斥着这些怪人，就像本文开头在王大仁的秀场上相互交谈的那两位一样，他们为破洞紧身裤袜和皮革而痴狂，让奇装异服变成时尚，却从来不试图思考自己为之兴奋的缘由。也许探求时尚的原委是一项可怕的工作，但是我无所畏惧。

在那场秀的几个月后，我特价购买了一件他设计的背心。但是我敢肯定，如果我在其他场合穿着那样一件衣服搭配破洞裤袜出现的话，路人一定会觉得我是一个奔放的女同志。

Bloggers

Mastering "the lame flamingo"

博 主

成为"跛脚的火烈鸟"

一直以来，我始终都怀揣着一个绚丽的梦想——成为职业的时尚作家。然而梦想终究是梦想，我从来不敢有实现它的奢望。尤其是在丢掉了第一份工作以后，残酷的现实彻底阻断了我实现梦想的道路。我曾经是*Jewcy*网站的一名编辑助理。那是一个向品位独特的时尚青年贩卖犹太小玩意儿的网站。可惜的是，这些东西在市场上根本无人问津，顾客还没等来，网站自己就“出师未捷身先死”了。我当时的工作无非就是在令人气闷的小办公室里整理发票，或者帮着办公室里那些冷漠的怪人处理公务。每周的工资大概是400美元，而且还没有福利。然而即便如此，这已经是我能找到的最好的工作了。那时候，我的薪水甚至还不如高中在“得—墨”连锁餐馆（Tex-Mex chain）当服务员时赚得多。《Vogue》杂志的主编安娜·温图尔也曾经被《时尚芭莎》（*Harper's Bazzar*）扫地出门。因此她过去常说：“没有被解雇过，不足以谈人生。”我同意这个说法，一段被解雇的经历同时也是一个积累经验、更新自我的契机。不经历风雨，怎么见彩虹？要么在温室里死于平凡，要么就在风雨的锤炼下恣肆绽放。

前事不忘，后事之师。被解雇一次也能让你避免重蹈覆辙。

每个人都可以将这段经历变成自己独一无二的财富。然而无论我多么厌倦现在的工作，无论我多么想要跳槽，怯懦的我还是没有辞职的勇气。当年我在餐厅当服务员的时候就是这样，经理其实早就明白，大学开学以后我就会离开。可我还是会为当面辞职而焦虑，这就像指着某人的鼻子数落他有多讨厌一样。所以如果老板让你离开一个你本来就不喜欢的职位，反而让你避免了主动辞职的尴尬，何乐而不为？与此同时，这种突发的状况也迫使你尽快去寻找更好的工作机会，而不是磨磨蹭蹭地在原先的工作岗位上浪费光阴。

我很庆幸自己被*Jwecy*解雇了。接下来的几个月，我以自由撰稿人的身份为杂志写了一些文章。这之后，《纽约》杂志就让我负责运营他们的第一个时尚博客*Cut*。我也就阴差阳错地开始了时尚记者生涯。

可是，别以为这个机会就是“天上掉馅饼”，毕竟不是所有人都像2005年的帕丽斯·希尔顿（Paris Hilton）一样幸运。当然，这份幸运的前提是，你必须得像她一样，成天绑着霓虹腰带、踩着透明高跟鞋满世界乱晃。在被正式聘任之前，我已经在曼哈顿的各种派对上采访过很多明星，并为《纽约》杂志供稿。想象一下，一个女孩在艾拉·麦克弗森（Elle Macpherson）奢华的私人会所里试图打断她和别人的对话（麦克弗森一定预感到我要采访她的夏日恋情，所以赶紧逃离了采访现场）。这样的工作，我做了大概整整一年。《纽约》杂志这时候也渐渐发现了我的能力。与此同时，还有另一家公司也想让我去运营他们的时尚博客，所以我把这件事告诉了《纽约》杂志，希望用这个筹码换来一份全职的工作。不出所料，《纽约》一听说这个消息，就考虑聘任我为首席时尚博主（小贴士：想让一个人重视你的最好方法，就是让他知道你有多抢手）。

几个小时以后，我就接到了《纽约》杂志网站编辑的电话：“我们想要开一个时尚博客，你愿意成为我们的博主吗？”我简直如听仙乐。天啊！我愿意！我愿意！我愿意！我真的不敢相信，闻名遐迩的《纽约》杂志居然给了我一个正式的职位！一阵惶恐随之袭来，生怕自己在以后的工作里把事情搞砸了。

我当时正带着一张过期的通行证匆忙穿行在苏何区，准备去上一节朋友中午的跆拳道课。我觉得自己就像一个误入富人区的穷孩子，一夜之间“逆袭”成为了让世人艳羡的那种女人。她们无须工作，每天似乎只要穿着瑜伽服，参加芭丽运动（barre）[1]的培训就行了。然而现在，成为《纽约》杂志第一个时尚博主的机会就摆在我的面前，一切即将由此改变——我转身赶紧飞奔回家，和我的小猫坐在地上，The View访谈（穷人的芭丽运动）正式开始。

· · ·

那时候的我对自己的时尚知识充满了信心，怎么说我也是多次采访过蒂姆·古恩（Tim Gunn）的人了，而且每一集《天桥风云》都看过。我不知天高地厚地以为依靠这些东西，再加上一点在谷歌（Google）上搜索"时尚"关键词得来的信息，就能纵横职场，无往而不利了。不过随后我就发现了自己的无知，我根本不懂时尚，甚至也不了解博客。可不知怎么的，我靠着自己这一点"三脚猫"的功夫，居然真的骗来了这一份工作。我试图在电话里表现得镇定一些。

"非常感谢您，我可以先考虑一下再给您回电话吗？"

我第一时间给父母打了电话，兴奋地吼叫着说："我的天！我得到了这份工作！这份所有女生都梦寐以求的工作！"（还说了很多其他的，具体参考《穿普拉达的女魔头》）这就像一场梦一样，我之前所有的付出都得到了回报！而且，我还得对之前解雇我的混蛋再说一句：滚你丫的！

· · ·

1　barre，以芭蕾舞蹈为基础而设计的延展、肌力与有氧运动，近年很受欢迎。——译者注大概三分钟以后，我迫不及待地给《纽约》杂志社回了电话，仿佛再晚一秒，这个机会就会落入他人之手。我当时已经处在歇斯底里的边缘，对自己未来的编辑说："我接受您的工作邀请！"在那一瞬间，我又明白了一件事情：工作可不会像情人一样伴你左右，机不可失，时不再来。我当时还在《悦游》（*Condé Nast Traveler*）做兼职，但既然已经成为了《纽约》杂志网站的第一任博主，我便立即辞去了《悦游》主编助理一职。我已经不再是那个可有可无的"吴下阿蒙"了。一阵狂喜让我把原先的焦虑抛在了脑后：我究竟是怎么在这个人才济济的博客团队里脱颖而出的？

2008年2月的秋冬时装周开始前，我正式接受了这份令人梦寐以求的工作。所有人的第一反应都说："这简直是一个梦幻般的开始。"然而对我来说，这个开始不啻一场噩梦。留给我学习时尚知识和博客营销的时间只有短短两天——这么点儿时间，我连一首布兰妮·斯皮尔斯（Britney Spears）的歌都记不下来。

那时候，所有在互联网上撰写文章的人都被统称为"博主"。他们刚刚开始在时尚圈站稳脚跟。2008年1月31日，《纽约时报》做了一个专题，讲述美妆博主的崛起。报道里大胆地说："博主如今已经不再是化妆品行业的底层人群了。"诚然，现在的著名博主早已是百万富翁，当时的舆论环境现在看来也显得荒谬。

时尚博主们的处境和他们类似。形形色色的人都被归入"博主"这一名号下，时尚圈内部也就这些人的价值产生了激烈的争论。时尚博主就像是温室效应——他们的存在不可忽视，但他们真正的影响力却鲜为人知。在这个时候，时尚界也对博主们的地位产生了争执。他们配坐在时装秀的第一排吗？继菲律宾的时尚妖男（Bryanboy）带着笔记本电脑坐在了重量级时装秀的首排，引起了巨大争议之后，13岁的时尚博主泰薇·盖文森（Tavi Gevinson）又赫然出现在迪奥时装秀的第一排，再次引起了轩然大波。时尚圈里的很多人不能理解，无数天之骄子奋斗终生都难以跻身头排，可为什么这些人凭一个网站、几张照片就能跃上时尚的金字塔尖？时尚博主的身份是一个难解的谜，最主要的原因在于：不知从何时起，穿着华服自拍成为了少数人一举成名的捷径。然而这只是其中一类时尚博主，还有其他类型的博主：

1.为博客供稿的记者。我就是这类人。我是一个记者，只不过我撰写的报道是通过网络的渠道发布的，有时候是博客，有时候则是一些官网的首页。

2.个人造型博主。这些人会在网上发布一些自己的穿搭照片。他们是极其出色的造型师，有最好的奢侈服饰，吃最好的烘焙食品。生活过得无比潇洒，令人艳羡。

3.有自己品位偏好的线上时尚爱好者。由于他们的网站是个人所有的，所以有自己的一套报道和记录的标准。很多新闻刊物的专业记者不能收受昂贵的礼物，也不能接受品牌方提供的免费旅行，但这些规定不能对独立博主产生约束。联邦贸易委员会（FTC）的规定只要求博主宣传这些产品的时候，在博客上公开说明这些产品是受赠于人。他们得到的礼物越多，博客也就越成功。试想一下，一个无人问津的博主怎么有钱坐飞机去参加圣·保罗（São Paolo）的时装周？又怎么能够每天在博客上更新穿搭？对这类博主来说，收受大量礼物的后果就是他们的博客上充斥着自己偏爱的品牌。我觉得这种“粉丝型”博客网站和《Vogue》《时尚芭莎》这些杂志没有什么本质上的区别，他们都为各自偏爱的品牌摇旗呐喊。因此这些网站往往容易受到个人品位的左右。

4.社交“网红”。在社交网络上拥有几十万粉丝的人都可以算作“网红”。他们中的一些人也建立了自己的博客网站，但是他们的经纪人（时尚博客如今已经是成名的捷径，为此，他们需要一个经纪人打理这一切）还是把主要精力放在维持社交网络的粉丝数量上。

5.街拍摄影师。菲尔·欧（Phil Oh）、斯科特·舒曼（Scott Schuman，著名街拍网站“*the Sartorialist*”的创始人）、托米·唐（Tommy Ton）这些大名鼎鼎的街拍大师最初都是在自己的网站上发布一些街拍照片，并由此走红的。尽管他们在圈内的地位已经今非昔比，但是这些人仍然被视为“博主”，因为他们借以发迹的个人网站还在继续更新。可是在我看来，他们既不是博主，也不是摄影记者。他们可以在时尚圈里呼风唤雨——坐在秀场的第一排有着天价的出场费，负责拍摄圈内最重要的广告。在很多人看来，能够入他们的“法眼”是一种荣耀。而如果一个人的照片能够出现在他们的街拍网站上，则是对其时尚品位最大的肯定。

在圈子里，时尚博主曾经处于弱势，他们的地位和纸媒记者之间有着天壤之别。可是现如今，这一区别虽然没有消失，但是二者之间的地位却在悄然反转。从前，传统媒体对博主爱搭不理，现在的博主却让他们高攀不起。很多品牌求着网络红人们参加他们的时装秀，网络对他们来说意味着一切。如果一位公关人员偶然听到了你说：“这个咖啡杯好可爱，我要拍下来发到微博上！”他们就会跑到你面前，安排好摆拍所需的一切：一只咖啡杯、一个私人的小盘子，上面放着精致的甜甜圈。可以这样说，现如今，每个专业的作家和摄影师都离不开网络和博客，他们在某种意义上也可以被称为“博主”。于是，我和网红，还有菲尔·欧这样的街拍大师都被粗暴地划入“博主”的行列，这个统一的分类模糊了我们之间的差异——你难道能说海豚、鲸鱼和美人鱼都是“鱼”吗？

我们需要重新定义和区分“新媒体”的从业人员。举例来说，我虽然也是“新媒体”其中的一员，但我的成功从来不是几张令人兴奋的自拍照片造就的。

此外，我在个人造型方面也是难有寸进。刚开始在*Cut*工作的时候，我对时尚的理解仍然很肤浅。所以头几个月，我每天早上七点前就起来读《女装日报》（*Women's Wear Daily*），以便掌握最新的时尚信息。在坚持不懈的阅读中，我明白了时尚行业的运转机制，认识了每个品牌的设计师，了解到时尚圈方方面面的最新趋势。可我在个人的穿着打扮方面仍然没有足够的时尚感，我还没那个资格说：“我是一个时尚达人，我知道最流行的穿衣风格。所以你们买我选的裤子准没错！”说实话，在时尚方面，我能分清衣服和裤子的区别就已经算不错了。我以前的装束通常是一件印花针织衫，配上从高中开始穿到现在的喇叭裤（那颜色看起来脏得就像抹布一样），再穿上一双豹纹的凉拖鞋——这是十七岁的德州少女最流行的打扮。普通人穿成这样无可厚非，可是对一个要出席时装周的时尚人士来说，这样的穿着让人恨不得找个地缝钻进去。这就好比一个人出席婚礼，结果到现场才发现自己居然露点了。好在我如今终于有了一些和模特们一样的衣服，不然的话真的是“生不如死”。

不过我仍旧不能算是一个造型师，我是作家兼编辑。穿衣搭配并不是我的本行，我需要知道的是时尚的趋势，并且负责采访设计师、模特和明星，最后把这一切在博客上组织起来，呈现给读者。我需要看起来很专业，而且得有一股造型师范儿。但这并不意味着我需要对时装的搭配组合如数家珍。

我很喜欢吐槽秀场上的明星，还有詹妮弗·劳伦斯（J. Lo）那条闪亮的紧身裤。我乐于把这些事情写下来和大家分享。可是我不是一位个人造型博主，我更没有露米·尼利（Rumi Neely，时尚博客“*Fashiontoast*”的创始人）那样的才华。她多年前的一组穿搭，我直至今日还历历在目：一条漆黑的道路上，她一身洁白，手持捕梦网，翩然而至。她的工作就是穿上酷炫的外套，在镜头前摆出各种美艳的姿势。她把自己的事业经营得风生水起，品位也让世人望尘莫及。最后，她成为了Forever 21的代言人，有了自己的经纪人，成为了每天辗转多个城市的大忙人。

而我也终于明白，当人们在说“时尚博主”的时候到底在指代什么？是露米·尼利，也是莉安德拉·梅丁[1]（Leandra Medine）、简·阿尔德里奇[2]（Jane Aldridge）那样的个人造型博主。为了显示自己紧跟信息化的浪潮，一些品牌会把他们安排在时装周的前排。然而这并不能说明什么：品牌商只是把这些独立的时尚造型师召集起来，安置在他们各自的椅子上而已。

这些博主在提升品牌的公关形象方面有着重要的价值。他们身后的死忠粉们会心甘情愿地买进同款的服饰。也因为这些正面的品牌宣传，博主的地位往往相对“安全”。而我却和他们大不相同。我不需要在行业里“抛头露面”，也从不保证会为时尚大唱赞歌，所以我只能坐在时尚秀的后排，抬头仰视他们的光鲜亮丽，也暗自吐槽他们的奇装异服。

随着时尚博客渐渐取代了传统纸媒，博主们也迅速“攻陷”了时尚秀的

1　著名博客*Man Repeller*的博主。
2　著名博客*Sea of Shoes*的博主。

前排。部分博主的影响力已经远远超过了一些老牌媒体。最神奇的是，每一期杂志背后至少需要十几名员工为之付出，但一个博客网站却往往只需要一个人就可以运转（也许还要加上给博主拍照的那位）。很多品牌正面临同样的尴尬：不知道为什么，尽管杂志网站拥有压倒性的资源优势，但在竞争力上却远远不及博客。

可这绝不意味着安娜·温图尔有朝一日会被简·阿尔德里奇这样的时尚博主取而代之。与此同时，我们也得承认，这些时尚博主将来极有可能与安娜比肩，在时尚界占据一席之地。安娜在圈子里的权威当然无人能及，但是她和简·阿尔德里奇之间还是有共通之处：她们都有各自独一无二的特征。所有街拍摄影师都对她们趋之若鹜。一个人的街拍形象不仅直接关系到他的个人风格，也决定了他的商业价值。许多博主渴望成为街拍的焦点，但苦于品牌的限制，他们并没有太多选择的余地。而安娜的情况则与之大相径庭。她通常都会快步通过摄影师的拍摄区域，只留下一个匆匆的背影。对她来说，到达自己的目的地远比在镜头前曝光重要。安娜可以心无旁骛地完成自己的工作，无须考虑曝光率，但对于很多新晋的网红来说，提升自己的曝光率正是他们的工作。

时装周的街拍氛围变得格外紧张，每个人都受到了巨星级别的待遇，好像身后总是跟着一群狗仔不停地偷拍。只不过和平时不同，在时装周上被拍摄的人不会冲着摄影师大喊大叫。他们这些人并不排斥街头拍摄，甚至会为此大费周章地盛装打扮。我就曾经偶然看到过一张这样正儿八经的街拍照片，拍摄者是赫赫有名的摄影师纽顿（Mr. Newton）。照片里，一位时尚博主“正巧”在西格拉姆大厦（Seagram Building）吃午饭。她“真空上阵”，只穿了一件纯黑的短衣，整个胸部呼之欲出，不禁让人浮想联翩：就凭她这一身打扮，身边一定早已聚集了无数衣冠楚楚的好色银行家。可是，难道如今的街拍已经变成这个样子了吗？时装造型难道已经发展到了可以不顾公序良俗的地步，赤身露体居然变成街拍的“标配”了？

曾经，这些盛装打扮的人们会在时尚会场的四周游荡。他们之间素不相识，却又偏偏装出一副互相商讨要事的样子，其实他们之间90%的互动都不过是一些矫揉造作的客套话。如果这些家伙的着装有幸入了某个街拍摄影师的法眼，并且获得了拍摄的邀约，他们就又会故意摆出一副吃惊的样子说：“你在跟我说话吗？久仰久仰！我想我应该可以抽出一点时间拍照的！”紧接着，这些人就会立马在镜头前搔首弄姿，摆出他们练习已久的造型。网络的力量在时尚领域不断凸显，类似的情形在时装周上已经成为了一种常态，身着华服的人们顾影自怜，等待着人群的簇拥和闪光灯的洗礼。好一个自恋的网络时代！

· · ·

有些时候，我甚至觉得街拍成为了人们在时装周期间精心打扮的唯一动力。可是这一趋势并不意味着人们的衣着变得更加精致，或者富有创意。相反，古怪浮华的奇装异服因此大行其道。我在*Cut*网站工作的第二年就发现了这其中的玄机：由于众人必须使出浑身解数来引起街拍摄影师的注意，所以时尚达人们的衣着越是不同寻常，越是能够博人眼球。秀场上的服饰也经常受制于这一需求：人们对“正常”的时装已经审美疲劳了，只有那些稀奇古怪的玩意儿才能激起人们的兴趣，也唯有那些奇怪到难以被视为“衣服”的东西才能满足时尚达人们的胃口。奇装异服也由此成为了一种新常态——

简直荒谬！在这一街头风潮的影响下，女士们在天寒地冻的二月，会身穿无袖的雪纺薄裙，踩着纤细的高跟凉鞋出门，夸张的头饰和诡异的发型成为了时尚的“标配”，更有甚者竟然会用霓虹灯带装饰自己的手包，有的还索性把它挂在了自己的脖子上。人们盲目迷信Louis Vuitton和Prada这类品牌，以为只要大牌傍身，就能瞬间提高自己的时尚“格调”。如果一个精心打扮的时尚达人出现在时装秀场以外的任何地方，绝对会被视为怪胎。因为古怪和疯狂如今已经成为了时尚的法则。

我曾经做了一个实验，想看看我到底会不会被摄影师约拍。那时候的我已经在*Cut*网站工作整整三年了，对时尚穿搭博主们的那些套路早已了如指掌。所以我准备穿一身专门用来街拍的衣服去参加时装秀。顺利的话，这个实验的结论一定会是这样：街拍成名并非难事，而且与时尚无关，它比拼的不过是衣着的荒谬出位，博人眼球。我的朋友戴安娜（Diana）是一位市场编辑，她帮我找了很多设计师和大品牌，希望他们能向我提供服装赞助。然而我毕竟不是麦当娜（Madonna）那种级别的名人，有谁会愿意在一个默默无闻的小人物身上浪费资源呢？在遭遇了无数拒绝之后，所幸天无绝人之路。我们终于从Miu Miu的品牌商那里借到了一双闪亮的露趾靴。可是随着时装周的悄然临近，我却变得越来越焦虑。

整个纽约时装周的重头戏都集中在第三天。普拉巴·高隆（Prabal Gurung）、王大仁和约瑟夫·奥图扎拉（Joseph Altuzarra）的时装秀一般都会安排在这一天。通常情况下，这也是我最忙碌的日子（这天一般并没有什么值得报道的东西，一群人看秀而已，可我还是得把稿子憋出来不是），所以留给我放飞自我的时间也少得可怜。

普拉巴·高隆一般负责第三天的首秀。他为人和蔼可亲，从不作伪。

正式开场前，我获得了后台采访的资格。当时，《纽约时报》的评论员凯西·霍琳（Cathy Horyn）正在和高隆对谈，于是我只能先等着。

参与时装周和拍摄电影有着异曲同工之处，“等待”成为了工作的重要组成部分。即便你此刻不在等待设计师和秀场前排的时尚达人正视你，也在等待进入时尚秀场，或者坐在位置上等待时装秀的开场。大多数的时装秀一般都会迟开场半个小时——就是这么任性。你也许会问，不就是给一个女孩儿烫头化妆吗，难道真的要花这么长时间？嗯，必须的。不到最后一刻，这些事情是做不完的。部分原因在于，模特们通常要辗转多个秀场，每到一个新的秀场，她们的发型和妆容都要重新处理。接着，设计师也需要在开场前接受一些著名时尚评论员的采访。一切准备就绪之后，设计师还要等待秀场的观众落座。观众们常常迟到，因为他们同样要精心打扮，维护自己在镜头前的形象，而且观众们也对时装秀准时开始这件事情不抱任何期望（有些设计师可以不等嘉宾，按时开场，因为他们在时尚界地位非凡。迟到的嘉宾们则会因为错过时装秀而追悔莫及。不过真敢这么做的设计师很少，大概只有那么一两个）。

等待的时候，我碰巧遇见了“时尚妖男”。他是最著名的原创时尚博主之一，凭借稀奇古怪的时尚街拍而名声大噪。我赶紧把他拉入了我的计划当中，想知道他觉得我究竟应该穿什么样的衣服才能入得了街拍摄影师的法眼。时尚妖男拿到了一些大牌设计的华服赞助，衣着色彩繁复之极。我记得他告诉我说，街头潮流如今已经走向极端。如果你如今还未成名，只有穿上最先锋、最大胆的服饰才能引起摄影师的注意。那么，什么样的服饰算是“最先锋”的？也许只有价值连城、纯手工定制的衣服可以达到这个要求。不过在时尚界还有另一种服饰可以与之分庭抗礼，甚至更胜一筹。那自然是传说中的下季度新款——人们只在最近的T台上见过这些服饰，它们还未上架，千金难买。想到这里，深深的绝望涌上心头。穿上这种级别的衣服对我来说简直是痴人说梦。还是那句话，我又不是麦当娜。所以我究竟应该怎么做，才能在街头脱颖而出？难道我真的只能靠尴尬的奇装异服博人眼球了吗？比如椰子壳做的胸衣和护腿？

高隆和凯西刚刚聊完，名人造型设计师瑞秋·佐伊（Rachel Zoe）恰好也来到了后台。尽管她这个不速之客并没有出现在后台访问人员的名单上，但是以她在时尚界的地位，秀场里的重重关卡对她来说都形同虚设。

瑞秋当天身穿一袭黑色上衣和一条喇叭裤，多条金项链垂在胸前，鼻梁上还架着她那副标志性的大墨镜。QVC的商标牌悬在了她的脖颈上。对很多籍籍无名的时尚小人物来说，把商标牌露在外面是穿衣大忌，不过对瑞秋来说，百无禁忌。她仍旧会受到摄影师的追捧，成为万众瞩目的焦点。

高隆把凯西晾在一旁，赶忙走上前去热情地迎接瑞秋。毕竟她对高隆可是有着知遇之恩。当年的高隆不过是一个初出茅庐的无名设计师，正是瑞秋向自己的顾客黛米·摩尔（Demi Moore）、凯特·哈德森（Kate Hudson）推荐了他的作品，才让他身价倍增。他俩那天的表现简直就像久别重逢的异地恋人，瑞秋尖叫着和高隆打招呼，不住地感慨。高隆此时也一遍遍深情地呼唤着瑞秋的名字，接着一把抱起了她。瑞秋的双腿顺势缠上了高隆的腰，两人大秀“恩爱”。我饶有兴致地看着这一切，即便瑞秋的出现让我这样的无名小辈更显得愈发可有可无。他们站在时尚的金字塔尖，可以在后台的新款时装中肆意徜徉。而我却没有这样的特权，仿佛我“肮脏”的双手会随时玷污那些高级的衣物。也是，我和他们到底还是有区别的，毕竟我每天早上都会像孩子一样狼吞虎咽地吃着燕麦棒（我绝对不会让时尚圈里的人看到我的吃相，姐姐我好歹也算是时尚人士好吗）！

“把你这儿所有的东西都拿出来给我瞧瞧！”瑞秋紧紧握着高隆的手，激动地说。他们一件件地观赏着高隆最新的作品，间或传来一两声赞叹：“天啊！这件衣服真是太美了。这样的紫色简直让人把持不住！”此时，房间里的所有人都试图装出一副漠不关心的样子来。可事实上，瑞秋和高隆的一言一行早已成为所有人关注的焦点。不过凯西或许真的置身事外，她和瑞秋寒暄过后，并没有像高隆那样夸张地一把抱起瑞秋。两个女人之间的互动终归暗流涌动，而女人与“同志”之间的互动则可以把成人世界的原则和矜持抛在脑后。

几分钟后，瑞秋离开了，她的出现就像是高隆秀场上的一个小插曲。与此同时，我也得开始完成我的采访任务了。可不巧的是，模特们正要准备换上走秀的时装，我的采访又一次“延宕”了。

走秀开始前，一大群人缓缓地涌进了秀场——这是巨星出场的前兆。透过拥挤的人群，我只能看到一顶巨大的卷发，就像一个黄中透粉的棉花糖，上面还有一个枕头大小的彩色弓型头饰。在保镖的护卫和人群的簇拥中，我认出了她——妮琪·米娜（Nicki Minaj）！可就在这时，人群中有一个声音大声喊道：“那是嘎嘎小姐（Lady Gaga）吗？”真是滑天下之大稽！我把这件事情发到了推特上，结果比我时装周期间百分之九十的推特都要热门。

妮琪·米娜落座之后，所有人都离开自己的位置，上前攀谈——走秀开始前的大部分准备也随之泡汤。安保人员好不容易让观众们再次回到自己的位置上，此时已经比预定的开场时间迟了半个多小时。最让人恼火的地方还不在于此，因为每场时装秀总是有一个小时的间隔，可时装秀本身却只占据几分钟的时间。最终，我还是见到了那些后台里不许我“染指”的衣服。

那场时装秀上，高隆设计的奇装异服令人眼花缭乱：不光有滴满紫色金属乳胶的修身裤，还有印花的性感网格裙，模特们的身形在其中若隐若现，令人浮想联翩。裙子上的花纹在长时间兴奋的注视下幻化成各种形状，有的散发出绿松石般的光泽，有的就像绽放的花朵。毫无疑问，谁要是穿着这样的衣服走上街头，一定会令无数街拍摄影师为之疯狂。可惜，我没有那个福气。

高隆走上舞台，享受着观众们热烈的掌声。走秀结束之后，我也得以在后台采访到了他。人们步履匆匆地赶往下一个秀场，不过仍有一些盛装打扮的时尚达人们还留在原地，表面上好像在等司机过来接他们（且不论是不是真的有司机会来），实际上正期待着街拍摄影师的青睐。一想到这儿，我的“尴尬症”又犯了。

· · ·

时装周只剩下几天时间了，除了一双从Miu Miu那儿借来的鞋子，我还是一无所有。我的主编把我叫到一旁，严肃地说：“你现在已经没有退路了，用好我们现有的资源。自己准备一件白色的系扣衬衣，一条牛仔裤，再把Miu Miu的鞋子穿上。首饰就用戴安娜的，口红也可以从她那儿借。千万不要用红棕色，注意街头风格。我也会把我自己的Chanel手包借给你的。”我和戴安娜如释重负，我们再也不用低三下四地向傲娇的品牌商们苦苦哀求。

把自己包装成街拍明星的努力犹如东施效颦。我怀着无比忐忑的心情，一再拖延街拍的计划。与其在纷纷扰扰的荧幕前抛头露面，不如躲在安静的角落里默默耕耘。因此我一直以来都渴望成为时尚产业幕后的作家或编辑。在我的设想里，如果有朝一日，我真的能够引起摄影师的注意，那也一定是用自己卓绝的努力换来的。我坚信只有依靠汗水和才华，方能赢得真正的尊重，一如许多成名已久的时尚主编。说实话，我非常看不上“炒作”。就像戴维·赛达瑞斯（David Sedaris）说的那句家训：“欲速则不达。才华不是靠自己一时吹嘘得来的，而是靠见诸笔端的文字。”然而在时尚界，自我营销乃是重中之重。无数广受追捧的时尚博客就说明了这一点——最成功的东西并不一定是最好的，他们的成功只不过源于炒作和经营。若非如此，这些家伙也坐不到秀场的头排。

造化弄人，我做梦也想不到自己居然会和他们那类人“同流合污”。不过事已至此，我还是先回家看看能不能找到那么一条街头风格的牛仔裤和一件款式足够新潮的衬衣。第二天，我把几件还算看得上眼的衣物塞进了购物袋，匆匆赶往办公室。当然，我事先已经精心打理过发型了——不着痕迹的那种，你懂的。别忘了，时尚的秘诀在于费劲心机的装扮必须显得不着痕迹。

时装周终于来了，戴安娜和我的主编替我的造型把关，她们让我穿上了漂染过的阔腿牛仔裤，并把裤脚卷到了脚踝。上身则配了一件干练的白衬衫（+J系列，就是优衣库旗下的时尚产品）。我把衬衫的袖子往上稍微卷了卷，接着戴上了戴安娜的手镯，她恨不得把我的整只胳膊上都铺满Juicy Couture的水钻。这还不算完，为了不被人彻底比下去（毕竟在街拍的时候，一切皆有可能。即便你穿成“维密秀”那样也不算过分），我解开了衬衫最上面的几颗扣子，露出了“压箱底”的Dannijo项链，它可是我这一身装扮的点睛之笔。我涂上了戴安娜的口红，手里挎着黑色的Chanel小提包，脚穿Miu Miu的靴子，还从车里翻出了大号的普拉达墨镜。装扮停当以后，我觉得自己就像电视真人秀里的明星一样，一切的精心准备都只为了在“狗仔队”的镜头里貌美如花——又一个浮夸的荡妇即将登场！

为了能在当天尽可能地引起摄影师的注意，我必须尽快出现在更多的地点，而且还不能让自己看起来行色匆匆。更何况，尽管时装周的中心位于几个相邻的巨型帐篷里，而且大多数的时装秀也在那里举行，但是仍然有两场我心仪已久的时装秀在相隔较远的地方举办。所以我好不容易说服了杂志社，让他们在当天给我配一辆车。

逆水行舟，不进则退。时装周的意义就在于不断为行业注入活力。新的秀场陆续出现，有的设计师在位于红灯区的一个工作室Milk办秀，那里的吉娃娃都比人打扮得风骚。更荒唐的是，那附近居然还有Jefftey的精品时装店，这也成了《周六夜现场》（*Saturday Night Live*）节目的一个段子。

理论上来说，秀场无非两个，如果不在林肯中心帐篷，那一定会在Milk。不过实际情况与此相差甚远。虽然很多设计师与这些地方签订了合同，但他们常常会选择一些更加富丽堂皇的地方。

马克·雅各布（Marc Jacobs）的时装秀一直都在列克星敦大道的兵工厂（Lexington Avenue Armory）举行。这里位于城市的另一端，广阔的空间足够他大展拳脚，用自己夸张的艺术装置精心布置舞台。以2011年秋季时装秀为例，根据《纽约时报》的报道，他花了一百万美元布置秀场，甚至连地板和观众席都光可鉴人，六十三个模特都戴着一百八十美元的假发。王大仁的时装秀则没有固定的场所。2010年以后，码头成为了王大仁的首选，地点通常都在曼哈顿的西边，位置偏僻，非常难找。大概是因为最近八年，这种宽敞空旷的工业空间受到了纽约时尚达人们的青睐。王大仁的秀场就像一个巨大的仓库，广阔暗淡却蕴藏着流行的时尚感。许多潮人也顺应这一趋势，纷纷从布鲁克林的富人区搬到东边的废弃厂房里，即便那里设施简陋，难以安居。王大仁不走寻常路，任性地把自己的秀场和其他人的秀场远远隔开，因为他的秀是整个纽约时装周最不容错过的一场盛宴，无数住在“厂房”里的潮人们愿意为之挥金如土。

由此可见，我之所以向杂志社申请专车，并不是虚荣心作祟，而是公共交通实在难以满足时装周赶场的需要。时装周举办的时候，夏日还未远去，纽约的地铁就像一个臭烘烘的桑拿房，所有精心准备的妆容都会毁于一旦。何况，乘车代步本来就是街拍的标配，更是身份的象征——鉴于我的衣着一般，车子实际上是我的“第二张脸”。

· · ·

当天一早，我就奔赴林肯中心的帐篷，王薇薇（Vera Wang）的时装秀就在那里举办——她设计的红毯礼服和婚纱久负盛名。届时，将有无数重量级的明星和主流时尚杂志的编辑汇聚一堂，街拍摄影师们自然也会蜂拥而至。这也意味着我可以在林肯中心的广场附近卖弄风情，博得街拍摄影师的青睐。

我人生中最怪异的一天就从这里开始。

如果说我的衣着和背包在时装周上都只是平淡无奇的话，至少我身上叮当作响的首饰还是可以“扳回一城”的。我每走一步都仿佛自带背景音乐：“叮铃铃，叮铃铃，铃儿响叮当……”

没过多久，我发现自己这一身打扮居然轻而易举地赢得了关注。我不过是在广场上战战兢兢地走了几步路而已，就“俘获”了一群日本摄影师。他们不光想拍下我的整体造型，还希望能够面面俱到地把所有细节收入摄影机：手腕、鞋子、项链……看他们的样子，简直巴不得用上X光把我拍个彻底。不仅如此，他们还想知道我这身装扮具体都是什么牌子的——鞋子和包的品牌很明显，但是手镯呢？项链呢？白衬衫呢？真是跟疯了一样。我尽力配合着他们，不断地提醒自己：你现在可是一个街拍达人。

当我踏进帐篷，又一撮摄影师围了上来，跪在我跟前拍摄，仿佛在询问我美丽的秘诀。在我的想象中，这种异乎寻常的关注一定会令我反感。可它真正发生的时候，却让我欲罢不能。我扪心自问：难道这就是人们厚着脸皮自我炒作的原因？那些真正的明星博主们每天都可以获得百倍于我的关注，怎能不沉醉其中？

王薇薇的时装秀结束之后，我又马不停蹄地赶往西切尔西（West Chelsea），参加Rodarte品牌的时装秀。这是整个纽约时装周里最先锋的秀，不仅有惊艳亮相的奇装异服，还会有泰勒·斯威夫特（Taylor Swift）这种级别的明星嘉宾到场。按照计划，我要在那里和《纽约》杂志官网的街拍摄影师碰面，拍摄报道用的相关照片。我到现场的时候发现，他稍稍远离了人群，并没有和大多数的街拍摄影师挤在一起（毕竟光是守株待兔，永远没办法拍出好照片——摄影师们不光要抢占有利的位置，捕捉下时尚达人们的美丽瞬间，还要时刻提防人群中一些不守街拍规矩的家伙闯入他们的镜头）。我们碰面之后，他给了我一些在镜头前摆造型的建议。其中一个经典的姿势就是双脚交叉，后面一只脚时刻保持脚尖着地。我把这个姿势称为“跛脚的火烈鸟”。如果摄影师想要拍摄你的双脚，这个姿势非常实用，因为它给摄影师提供了多种拍摄角度，而且层次分明。在摆出这个姿势的同时，你的一只手还可以顺势叉在腰间，另一只则可以搭上背包的肩带。这样的话，精心修饰的指甲还能和背包相互呼应，在细节上也无懈可击。可以想象，既有美甲加持，再配上Céline的背包，无数时尚达人将为之疯狂。

而在街拍里唯一的禁忌姿势就是双腿并列分开，面向前方——如果没有专业摄影师提醒的话，这是我下意识就会摆出的姿势。按照另一位街拍摄影师的说法，那就像“刚刚从马背上下来一样”。不过话说回来，我那天倒真希望自己骑了马过来，毕竟这么“拉风”的交通工具肯定会引人围观。

正当《纽约》杂志官网的同事给我拍照的时候，另一些摄影师也发现了我的“不同寻常”。趁我拍完照走过街区时，其他摄影师纷纷上前。著名街拍网站*All the Pretty Birds*的创始人塔姆·麦克弗森（Tamu McPherson）拦下了我，想要拍照——她可是意大利版《Vogue》杂志的“御用”街拍摄影师！我惊喜交加，没想到以她那么高的江湖地位，居然也会对我青睐有加。然而她绝对猜不到，我这身打扮其实多亏了办公室里机智的小伙伴。不过，我自己当然绝对不会主动提起这事儿。

秀场里面异常燥热，可时尚达人们却一个个若无其事地端坐其中。大概是因为这些家伙常年“要风度不要温度”，穿着反季节的衣服辗转于时装周。Rodarte秀场里至少有一百华氏度，座位上又挤满了人。正当我心烦意乱地急着出去接受闪光灯的洗礼之时，安娜·温图尔和俄罗斯艺术时尚杂志*Garage*的美女主编达莎·朱可娃（Dasha Zhukova）仍旧在各自的位置上正襟危坐。

我的衣服几乎包裹着全身，露出来的部分又都被金属首饰覆盖，会场里的我汗流浃背。看来身穿奇装异服也不是一件容易的差事。

好不容易捱到时装秀结束，人们从场地里鱼贯而出，街拍摄影师们则早已在场外等候多时了。秀场外的温度大概只有八十华氏度，我身上的汗水也渐渐风干了。于是我放慢了脚步，满心期待着有摄影师会把我拦下。不过碧昂斯、泰勒·斯威夫特和一众巨星都参加了这场时装秀，我和他们比起来，根本无足轻重。一丝伤感随之涌上心头，我已经竭尽全力了（当然也尽量表现得不事雕琢），没想到换来的却是众人的忽视。你能想象那种尴尬吗？就像是你费尽心力做了一餐晚饭，从没奢望能和米其林大厨相提并论，只不过是想听到人们一句简单的称赞。一句就好。

· · ·

我如释重负地回到了之前租来的空调车里，拿出镜子仔细检查了一遍妆容，然后继续前行。

按计划，我的下一个目的地应该是位于住宅区的广场酒店（Plaza Hotel uptown），那里有Marchesa品牌的秀场。这个品牌的时装秀主打“公主风”，许多颁奖典礼的红毯礼服就出自这里。我提前到达了秀场，穿了一天高跟鞋的双脚早已疼痛难忍，彼时的我巴不得直接坐在地上休息。我发现不远处就有一个餐区可以歇歇脚，而且电影大亨哈维·韦恩斯坦（Harvey Weinstein）也在那里，四面八方的目光向餐区汇集。由于餐区的桌子布置得就像婚礼现场，中心腾出了很大的空间，所以理论上来说，只要从那里经过，一定就能引起众人的注意。于是我戴着墨镜往那里走去，和哈维相互打量了一番。显然，尽管在Rodarte秀场遭到了冷落，但我这一身奇装异服还是有用的。不过人们的关注又让我无所适从，我已经习惯了在各种派对和首映礼上默默地欣赏聚光灯下的明星们。这些场合原本对我来说就像动物园一样——你只是买票进场，然后去里边观赏狐猴。可试想一下，如果你可以在动物园外和狐猴不期而遇的话，又会是什么样的感受？这种心情大概和我在秀场上与明星们见面时的心情相差无几，有些人会因此而吃惊尖叫，也有些人（比如我）会仓皇而逃。和哈维打了一个照面之后，我就拖着要起泡的双脚，竭尽全力飞奔到了楼上的酒吧。这个酒吧设在一个露台上，专门为哈维这种级别的名人雅士提供服务，底层餐区的桌椅也可以在这里一览无余。如今我也到了这里，如果不花十九美元点一杯白酒，又怎么配得上我这一身时尚打扮和主编的Chanel女包？当然，我还可以在这里享受到天下无双的精致蜜饯。一杯白酒下肚，再加上先前在Rodarte秀场出了一身热汗，我立马有了几分醉意，斜倚在栏杆上看着底层餐区的情况。这时，法国版《Vogue》杂志的编辑卡琳·洛菲尔德（Carine Roitfeld）带着她的女儿茱莉娅·雷斯图安·洛菲尔德（Julia Restoin Roitfeld）入场了。她们母女可谓是街拍界的女皇——她们的穿搭从无差评。我觉得我可以从这两位地位超然的“前辈”身上学到一些经验：如何才能在不亲自上传照片到互联网的前提下，成为一代“网红”？

卡琳和茱莉娅选择了舞池空地边上可以移动的桌椅，这样的话她们就可以自行调整椅子的位置，直接面对中心舞台，而不用面面相觑。我羡慕法国人这种直截了当的处事方式——而我只会躲在墨镜后面，把自己真正的想法掩藏起来——**“洛氏时尚法则”第一条：直截了当，想做就做。用这样的方式引起众人的注意、兴趣，甚至是妒忌。**

洛菲尔德母女手舞足蹈地彼此交流，怡然自得。她们点了一大份绿色蔬菜（也许是芝麻菜一类的东西，这是时尚人士健康饮食的标配），没多久就被端了上来——**“洛氏时尚法则”第二条：愉快的家庭交流，配上一份美味**

的沙拉。

两人各自吃了几口沙拉，就放下餐具，匆匆离开了秀场——**“洛氏时尚法则”第三条：别把东西吃完，因为忙碌的你永远在路上。**

此时醉醺醺的我不停地往自己嘴里塞零食（包括巧克力杏仁。这一点必须着重说明，毕竟没有奇葩会像我一样，到酒吧里点一杯酒，然后就开始大快朵颐地吃巧克力杏仁）。

洛菲尔德母女用餐结束以后，踩着高跟鞋如履平地，模特般轻盈地走了。她们轻松的样子和我穿着高跟鞋的苦不堪言形成了鲜明的对比，毫无经验的我无时无刻不在调整自己的衣饰和鞋子——**“洛氏时尚法则”第四条：云淡风轻，对自己的着装表现得漫不经心。**

喝完杯中昂贵的白酒后，我悄悄下楼回到了秀场。醉意稍稍减轻了我双脚的痛感，但我的衣着仍然令我恼火不已。汗水风干后，金属的珠宝和我的皮肤紧紧黏在了一起；鞋子燥热无比，就像一团燃烧着的炭火；妆容也在汗湿之后凝结成了大花脸。我心想：“难道时尚博主和街拍明星在时装周里每天都要忍受这种煎熬？”

不过有趣的是，我原来的朋友们都不觉得我这次时装周的打扮和之前有所不同。这可是我第一次在时装周里戴上项链，涂上红唇，甚至还穿上了大牌设计的单品。然而当我觉得自己好不容易紧跟时尚潮流，并且盛装打扮的时候，和我互动的所有人（包括一些老朋友）居然都毫不惊讶，甚至习以为常。这也许是因为现在很多人在平日里就会为了拍照而把自己打扮得漂漂亮亮的，以便在脸书和推特这类社交平台上呈现出自己最完美的样子。所以时装周和日常生活这两种打扮之间也许就只剩下程度上的区别——人们在时装周上的打扮往往“用力过猛”，毕竟平常生活里的自拍可以由我们自己掌控，但时装周的照片都出自别人之手。

Marchesa品牌的时装秀结束之后，我步履蹒跚地走出了秀场，心里巴不得一个跟斗飞出十万八千里，即便前电视真人秀明星奥利维亚·帕勒莫（Olivia Palermo）和我近在咫尺。双脚的疼痛令我举步维艰，可顶级街拍达人的脚步却永远都轻盈优雅。没办法，我只得在路边先驻足休憩一会儿。正在此时，一位摄影师一个箭步来到我的面前，想要为我拍几张照片。于是我一面装出惊讶的样子，一面又准备摆出“跛脚火烈鸟”的造型。可他不停地让我往街心走，所以我只好离开路边，越走越远，最后在第五大道的机动车道中间停了下来。幸好这时候所有的车都在十字路口的红灯前等待通行。摄影师自己当时也站在一个不安全的地方。一番摆拍之后，他似乎并不满意，于是跑到马路上，站在车队和我的中间拍摄。我当时满脑子只想拖着两条“残肢”尽快跑回安全的地方。耳朵里只听见摄影师满意地说：“还不错，保持住！别动！”声音里根本没有丝毫担忧和紧张。就在他拍完照片的瞬间，红灯变成了绿灯，我们赶紧飞奔回路旁，保住了自己的小命。惊魂甫定，我们开始在路边攀谈了起来。这时我才知道他原来是《嘉人》（*Marie Claire*）杂志的摄影师。一想到自己的照片会出现在他们的网站上，一切的付出和煎熬似乎都是值得的。而且最关键的是，我有这次写稿的素材了。

一回到租赁来的豪车上，我第一时间就脱下了鞋子，把脚搁在后座上休息。接着，我又把首饰一件件取下来，顺便扎起了头发。我的街拍之旅总算结束了，现在终于可以回到办公室，换上舒服的平底鞋了。

的确，成为万众瞩目的焦点会让人欲罢不能。但其实仔细想想，这就好像一个人当众跳着艳舞，却觉得周围拿他取乐的人群正在对他顶礼膜拜。最终，这是一条不归路。一旦站到了聚光灯下，就必须时刻注意自己的形象，如果稍有不慎，便会被淘汰出局。但是要时刻保持外表的光鲜亮丽很容易让人精疲力竭。我永远也没有办法像时尚达人们那样做到以下三点：（1）每天都穿得时尚华丽；（2）有足够的经济能力承担时尚的代价；（3）忍受穿起来并不舒适的奇装异服。我宁愿穿着四十美元的牛仔裤和卫衣，躲在自己小小的工作间里针砭时弊，并且在时装秀的最后一排自得其乐。默默无闻也未尝不是一件好事，至少你可以解放自己的双脚。

我必须穿上鞋走回办公室，可是刚一上电梯，我的脚就开始钻心地疼。无奈之下，我只能选择在公共场合脱下鞋子，赤脚站在电梯冰冷的地板上。我一瘸一拐地走向我的办公桌，正好在过道里撞上了戴安娜。

“我的天啊！”她被我奄奄一息的样子吓着了。

我有气无力地说：“我动不了了，你能帮我借一辆轮椅吗？”

她赶紧接过了鞋子，关切地看着我，却被我一瘸一拐的样子给逗笑了：“当然不行，至少得等时装周过去了再说。”我当时觉得自己就像《七夜冤灵》（*The Ring*）里面的女孩儿一样：蓬头垢面、面目可怖却力量强大。这让我想起了当年在*Jewcy*网站的那段灰色时光，也让我越发珍惜自己的工作：每天打扮得舒适随性地坐在办公桌前，不用考虑个人形象，也不用考虑衣着搭配。

我绝对无法成为造型师、个人时尚博主或者是微博红人。然而书写和记录他们的种种，给予我无与伦比的快乐。只不过如今的我对他们更多了一分同情和理解，而这也正是我在时装周打拼和生存的智慧。

Trendsetters

The tale of the designer sweatpants I bought when I was stoned

潮 人

关于运动裤的故事

Tales from the back row:
an outsider's view from inside the fashion industry

II

越时尚，越疯魔。于是，选择紧跟时尚的人反倒越来越少，而时尚潮流之外的普罗大众又明显不够“撩”人。

只要我心念一动，想要拒绝那些烂大街的穿衣风格时，我的男朋友就很受伤。

而这一切的始作俑者都是一次特卖。

所谓的特卖就是把那些没卖出去的衣物来一次减价大清仓——这些衣服要么曾经被借给杂志的编辑们，要么就是曾经被放在陈列室里作为样品供顾客参考。这样的特卖会或许不会把充满设计感的衣物降到白菜价（人家还没有蠢到把东西白送给你），但是售价却绝对算得上“良心”。在时尚界工作的女性大多并不是什么富二代，而且也拿不到六位数的工资，可是她们的职业却要求她们成天穿着设计师设计的昂贵服装。于是这种特卖会就成了她们的“救命稻草”。其中一些特卖非常受欢迎：Prada换季时，人们在街区附近排着长队，那场面和感恩节的机场如出一辙（对我来说，机场是一个恐怖的地方。脱下的臭鞋、售价四美元的“贵族水”、蜗牛一样向前移动的队伍……更要命的是，即使机场再混乱，“守时”仍然是不变的铁律。反正臣妾我做不到。）这种焦虑和你在特卖会上所感受到的一模一样——买家们不但要争先恐后地挤进门去，做第一个选鞋子的人，而且还要练就秒杀心仪包包的绝技。因此，我尽量避免在特卖最火爆的第一天去凑热闹，而是在最后一天才慢悠悠地前往，挑选自己想要的东西。更何况，商家们为了清仓，往往会在最后一天把价格降到最低。尽管会和特卖会上一些也许更好的玩意儿擦肩而过，但这个方法让我至少在花钱买那些剩余货品的时候，没有剁手的冲动。

那个夏天我还在*Cut*工作，我朋友詹姆斯（James）和我一起在公寓楼顶享受日光浴。我当时带着我最信任的“伙伴”：一块House of Deréon牌的沙滩巾——碧昂斯母女设计的系列服饰之一（它是“夏日求生包”里的一样东西，这个“求生包”还包括碧昂斯的T恤和DVD-CD套装，简直是我新闻生涯里最大的福利）。可这样的时刻，又怎能没有香烟相伴呢？

抽完烟没多久，我们都饿了。

“你说，我们是不是心有灵犀？”我问詹姆斯。

“坚宝果汁餐厅（Jamba Juice）。”

一听这话，我立刻穿上了短裤和背心，从令人兴奋的屋顶“重返红尘”。

在开往SoHo的列车上，我突然发现坚宝果汁餐厅并不是那天下午唯一可去的地方。“詹姆斯！我们应该去王大仁的特卖会！”我在*Racked*网站上关注了它好久！这个网站专门面向纽约人出售和更新特卖会上的存货。我在时装周唯一的收获就是：一个初到纽约的年轻女人只要拥有一件王大仁品牌的衣服，就能立刻变得时髦。更何况，已经飘飘欲仙的我完全不会考虑价格，只管买买买。

抽烟抽大了的詹姆斯和我穿着沙滩服就“杀”到了特卖会场——这和如今的特卖大不相同。现在去一次特卖就像去时装周一样：街拍摄影师簇拥着成群的时尚丽人，她们穿着不对称的黑衣服，戴着太阳镜，互相打量，争奇斗艳。

然而在那时候，所谓的特卖会场就是一个冷清的房间，星罗着衣架和衣柜，还有年轻的潮人。

一到现场，我就兴奋异常。我从没想过在现场会碰到我的同事或者其他认识的人。结果一走进会场，我们就看见了穿搭达人戴安娜，她是我的合作伙伴。

“你——好——”我说，“我们是一时兴起才过来参观的，所以我只穿了泳衣。这儿有什么好东西吗？”

而此时的詹姆斯已经准备好到一个展区顺手牵羊地拿几件衣服出来了。

“呀，我要这件上衣。”戴安娜说，“而且这条裙子可能——”

“哦——毛衣！”我没接她的话茬，心思直接飘到了羊毛衫那里。我把一件银色丝绸式羊毛衫和一件亮闪闪的蓝色齐膝衫从衣架上拿了下来，试着直接把它们套在身上。

“詹姆斯！快看！这就像一件斗篷！”我看看墙上写的价格，大喊：“天啊！这些衣服每件都要八十美元。我不知道……”

“买买买！”詹姆斯斩钉截铁地说。

詹姆斯是一个迷人的亚洲同志，他有美腿加持、气场强大，志在把世上所有衣服的标牌都扯下来一网打尽。我见识过他出席晚宴时的穿搭：一件SeaWorld风衣，胸前天马行空地挂着一个奇特的粉包。我毫不犹豫地采信了他的建议，不只是因为他的穿衣风格深得我心，更因为我们在穿衣方面都喜欢不走寻常路。我和他都是那种冲动又自我的人，而这种冲动并不只出现在我们花五美元买一份冰沙的时候，你懂的。

之后，我又走到会场的另一边去翻看衣物，我问他：“你在看什么？”

“我想要一件连体服。”他再一次坚定地说，同时毫不犹豫地挑了一件女士的白色保温连衣裤。

“那件？”我问。

“我想试试。”他一边说，一边走向镜子。当时已经没有空闲的试衣间了，所以他得在众目睽睽之下换衣服。

詹姆斯试图穿上衣服，把它从脚边用力拉到腿上——我不知道怎么形容这玩意儿，或许这货是一件紧身衣？反正它比想象的更紧，想要穿上它就像把整个身子塞进一件护腿里一样。

这时戴安娜又一次经过我们。

“哦，嘿。我们要走了。”她勉强看清了詹姆斯好像正在穿一条白色的紧身裤。

“我就要穿进去了！”詹姆斯说。我大声地嘲笑着笨手笨脚的他，感觉越来越嗨了。

“你真的要买那件衣服？”戴安娜站在他的面前看着他说。

“你准备怎么搭配？”我问道。

“我想把下面的部分染一下色，然后就可以穿着它招摇过市了。”

我吃惊地说：“你真的要自己染色？”

“很简单啊，只要把套装的裤脚放到染缸里就行了。”

“买买买！这么有喜感的衣服真不多见！”

直到晕眩的感觉过了，我才发现我们俩挤在角落里，面前所剩无几的衣架上挂着这次特卖会剩下的运动裤。

“等一下，我该不该……买一条运动裤？”我随手拿起了一条蓝色的裤子，放在腰间比画。

“当然啊，很性感！”詹姆斯也在一旁怂恿我。

“那我在什么场合穿比较合适？”

“很随意啊，你既可以穿着它去上班，也可以去参加派对。”

我半信半疑地问：“真的吗？”

“真的！你在时尚界工作，一条王大仁设计的运动裤对你来说简直是标配！”他笃定地坚持。

可是我真的需要一条“时尚”的运动裤吗？我承认这些裤子在模特身上看起来实在是很完美，而且我有那么一刻怦然心动。也许它们并不居家，但却代表着时尚潮流的最前沿。更何况，这些裤子全都出自王大仁之手。从2008年开始，王大仁就已然是时尚界的标杆，他的设计简直可以化腐朽为神奇。我入职*Cut*的第一年，他就用一套破洞紧身袜设计声名鹊起，并且定义了我对时尚的理解。因此面对着他设计的新品运动裤时，我简直无法控制体内的“洪荒之力”。

于是我毫不犹豫地花五十美元买下了一条运动裤。

裤子采用了吊裆的设计，腰间有一条拉绳，不对称的口袋分布在大腿两侧，裤筒的长度直到脚踝，但是我常常将裤子卷到小腿。

我经常穿着它去工作或者参加各种派对，但却从来不在家里穿——成为一个时尚弄潮儿的感觉真的令人欲罢不能。我时常在穿着这条裤子的时候自鸣得意：“姐可是混时尚圈的！这条裤子可是王大仁设计的！”

然而事实上，一条裤子的好坏并不构成品评人物的标准，除非你像我当时一样“吃错药了”。

· · ·

我总能在王大仁的特卖会上买到奇奇怪怪的东西。在这之后我又去了一次，买回了一件裁剪随意的无袖毛线衫和一条纵贯着银白纹路的牛仔裙。如果没有那些纹路（虽然事后证明它会脱落并且起泡），那裙子就“泯然众人矣”了。但当我决定买下它的时候，我满脑子想的只是我又能拥有一条王大仁设计的裙子了。更何况我曾经看到《Vogue》的前主编卡琳·洛菲尔德也在街拍里穿过类似款式的铅笔裙。

我在心里盘算着下次时装周的时候也要像她那样穿搭。

然而不久之后，专业的造型师却建议我扔掉那条裙子。

· · ·

进入时尚行业以来，我也收集了一些奇怪的衣服。比如粉色的酸洗短裤，吊裆到膝盖的宽松长裤，一只装饰有金属虎脸的毛线短袖和一顶软呢帽。我的这些“剁手行为”有很多原因。冲动当然是魔鬼，但更可怕的却是和时尚潮人们一起购物。他们买东西喜欢求新求异，越是前所未见的，越是受到追捧。

当你穿着潮流单品走出家门的时候，你不知道将会面对路人怎样的目光，也不知道自己将会有怎样的体验。这就像假期旅游一样，你会去到不同的地方，为不同的风景而兴奋。你永远不知道下一站将会是哪里，也不知道前方到底有什么在等待着你。你会迎来女士们嫉妒的目光？还是游客们惊艳的回眸？但无论如何，你得是所有人的焦点。

众所周知，所谓时尚潮流的代表，就是那些你“不该”买的东西。潮流单品确实浪费钱，因为它马上就会过气。可与此同时，潮流单品也是你能买到的最有趣的东西。试想一下，T恤人人都有，但不是所有人都能有一款皮革的高领上衣。确实，如果在所有人都穿T恤的时候，你却穿上了皮革上衣的行为固然很愚蠢，但是泯然众人却是比愚蠢更令人无法接受的事。歌星们最能理解这个道理，因此他们在舞台上常常穿一些别出心裁的服装以区别于身后的舞者。这就是时尚潮流的哲学：你要么安于现状，成为千篇一律的背景；要么承担风险，成就与众不同的自己。这就像我们常说的：尽人事，听天命。付出努力总比什么都不做要好。所有人都会穿着牛仔裤去餐厅吃饭，但不是所有人都会穿我那种奇怪的运动裤。与众不同意味着成为时尚的弄潮儿，意味着成为时装周里必然会被追捧的街拍对象，更意味着成为时尚圈外的家人和朋友眼中的异类。

就像我曾经说过的，我不是天生的时尚达人，但是我精于计算。怂恿我的人——比如詹姆斯——经常会唆使我买一些我“不该”买的东西。他们是我在时尚方面的引路人，让我不断突破自我。

有一回，我正在和男朋友闹分手，我的闺密克里斯（Chris）带我去逛街。我化悲痛为购物的欲望，一轮血拼下来，至少有一半的东西是我买着玩的。研究显示，人们之所以会选择冲动型的消费，在某种程度上就像诸事不顺时喝酒买醉一样，因为二者都可以发泄情绪，让人逃避现实，乐在其中——当然，血拼花的钱比喝酒多多了。那个时候的我对男人非常绝望，所以准备了一大笔钱投身“血拼大业”。

克里斯是一位平面设计师，他卖的T恤和枕套上用沃霍尔式的风格（Warhol-esque）印染着各种时尚的符号，比如戴安娜王妃（Princess Diana）和“小甜甜”布兰妮。他能够驾驭任何风格的衣服，不论是全黑的套装，还是奇怪的混搭。他住在布鲁克林区嘻哈风最盛的地方，实用性并不是他的追求，浮夸的珠宝是他的标志性配饰。跟克里斯逛街是一种享受，他让我不断地挑战自我，不断地尝试全新的东西。

我一到American Apparel的店里就习惯性地径直走向了金属织物区。我对亮晶晶的东西毫无抵抗能力。我觉得这似乎是人类进化过程中遗留下来的某种特性，毕竟原始人里的女性们的生存也需要策略。试想一下，她们怎么才能让自己变得性感撩人？最简单的方法莫过于用闪亮的织物装饰自己。同样地，如果没有这些闪亮的衣饰，即使是现代流行歌手也没办法吸引大众的目光。

“哦——一闪一闪亮晶晶！”我在衣架面前犯着花痴，“我该不该买些亮晶晶的东西回去治愈自己？”

克里斯明显很嫌弃我的这种情结：“嗯，算了吧。你应该试试这个。”说着，他帮我挑了一条暗红色的T恤小短裙，袖子上还有精心设计的拉链。

“这会不会太短了啊？”我有点担心。

“试试吧！我觉得很适合你。”

我同意了。毕竟一个“基友”想看看你试穿某件衣服的渴望，对一个女人来说简直是无法拒绝的。

我走出试衣间，他从上到下端详了好久：“买买买！”

这条裙子实在是太短了，我每次穿的时候都必须配上丝袜才行。不过他是对的：人靠衣装，这条裙子确实让我看起来光彩照人。而且我从来没有自己挑到过这么好看的衣服。

“你要是穿着这件衣服去找你男朋友，分分钟搞定他。”克里斯调笑道。

然而这条裙子的价格又让我开始犹豫了：“六十五美元，太贵了。”

“买！女人就要对自己狠一点。相信我，穿上这裙子，你简直像个二十几岁的小姑娘。”

我穿着这条裙子去见了我当时的男朋友。克里斯说对了，我轻松地搞定了他。

· · ·

这个世界上只有两种人：穿皮裤的和不穿皮裤的。有时候，人们不买皮裤可能只是因为没有合适的场合去穿它，比方说欧洲的某个赌场，或者时装周。

时尚需要语境。时尚圈就像一个神奇的过滤器，能够泾渭分明地区别“我们”和“他们”。在时尚圈浸染多年，如今的我也穿上了皮裤。当年我在*Cosmopolitan*网站工作的时候，《世界时装之苑》（*Elle*）和《时尚芭莎》的办公室也在同一个地方。于是皮裤成了我们那幢大楼独特的景致。

你也许会认为这一切都是拜设计师所赐。诚然，设计师们的设计通过Forever 21 和Zara这些时装店的经营可以快速地进入我们的日常生活，让我们每个人都成为“山寨版”的时尚模特。一些时装设计师对我们的日常生活的确有着非同一般的影响，像马克·雅各布和缪西亚·普拉达（Miuccia Prada）的设计一问世，大家就开始竞相模仿。譬如，当马克·雅各布让他的模特们穿上阿米什鞋（Amish shoes）的时候，所有人都惊叹于他的才华。然而我只是礼节性地点头微笑，就像有父母正在向我展示他们孩子的照片一样。我可以理解父母对孩子的喜爱，但我就是无法将自己代入其中。不像许多喜欢小孩的人们一样，我对其他孩子的照片毫无感觉——这和我在时尚圈里的感受非常相似。在这个圈子里，“正常人”应该像卡琳·洛菲尔德一样，用时尚的风姿让所有人都自惭形秽。至于我嘛，我就是一片衬托所有人魅力的绿叶。

可实际上，设计师并不能一手遮天，潮流分析师（trend forecasters）才是时尚界真正的掌控者。就像天气预报员测试气温趋势、风力区域和海浪洋流一样，分析师们将监测我们裙摆的长度和鞋跟的厚度。尽管人们不曾有所觉察，但是他们将预见所有人的穿着。当我们路过安·泰勒（Ann Taylor）时装店的时候看到橱窗里琳琅满目的商品，当我们在百货商场排队时瞥见小报上最新的时尚地毯，这些背后其实都有潮流分析师们无形的大手在操控。

克里斯曾经是世界著名潮流分析师利·埃德尔库特（Li Edelkoort）的拥趸。他对自己的偶像顶礼膜拜，因为利确实神通广大。她只用几个简单的词就能决定潮流的走向：苔藓、游牧、蒙古包……这之后，所有的时装店都开始了一轮“大换血”。于是这一整季都开始流行麻布上衣和有意为之的蓬头散发。

埃德尔库特受邀到世界各地的大公司给他们的员工进行演讲，话题从美妆、服饰到汽车，无所不包。她给人们指出当下的流行文化和社会心态，各行各业的人们就依据她的理解开展各自的工作。

克里斯带我去了其中一场在纽约视觉艺术学院的研讨会。我觉得就像去天文馆看展览一样，只不过我们在这里讨论的是时尚趋势而非星座运势。但是这个研讨会毕竟比天文展览要“高大上”，所以我们在这里拿到了一瓶Smart Water矿泉水和一块玫瑰柠檬味的巧克力。

埃德尔库特身穿一袭黑裙和一条只有圈内人才能理解其美妙之处的时尚长裤。她的声音轻柔舒缓，述说着自己过去种种被证实的预言。她的演讲语言非常精练，并用华丽的幻灯片和完美的图像来解释自己的观点。举例来说，她谈到了“披”这个时尚关键词，于是拿出了Phillip Lim的鞋子和Marios Schwab的长袍来形象地加以说明。之后，她还聊到了设计中“分层”所代表的诗意美和“褶皱”的运动感。

随后，她还预测了未来两年的流行趋势。埃德尔库特用一个词概括了所谓的时尚大主题："浮华"。她用这种方式委婉地批评了那些喜欢在社交网络上随时随地炫耀私生活的混蛋们。

她说："某天早晨，我在摩洛哥的海滩上看到了一个女孩。她在那儿跑来跑去的，想要拍一张自拍照，于是她不停地寻找合适的角度，最后用我和大海当背景，拍了一张美丽的照片。"

接着，她补充道："我们生活在这样一个疯狂的时代，每个人都在创造虚假的神话，粉饰自己平淡的人生。"

她对这一季的时尚主题描述得非常恰切：精灵、美人鱼、埃及艳后——所有名词都在"浮华"这个基本预判的统摄之下。

她还为每个时尚大主题量身打造了一个故事，把整个研讨会变成了一个故事分享会。例如，"美人鱼"作为一个时尚关键词并不仅仅意味着蓝色的流行和闪光饰品的大放异彩，更是对那些"身着盛装，去酒吧调戏得男青年们千金散尽然后潇洒离开的年轻女孩们"的指称——"她们能让男人闻风丧胆"。

而另一个关键词"德鲁伊"（druid）则是"一个黑暗的故事"。这个词来源于"对异教迷信凯尔特·德鲁伊（Celtic Druid）的狂热"。埃德尔库特为研讨会的参会者们准备的小册子里专门解释了这个词。据说德鲁伊能够根据树林里鸟儿的飞行轨迹和歌声预测未来。"要想理解这个关键词，先试着想象一下午后的森林：阳光溢出树叶的缝隙，留下一地光影的痕迹。因此它所代表的设计里，常常会运用一些富有质感的亚麻布或者类似树皮的材料。"时尚语境中的"德鲁伊"意味着"魔幻、神秘的设计风格和相关的服装材质"。她接着解释道，"深绿色的毛线还有或紫或绿的蕾丝就是这种风格的代表。这种着装有点类似于二十世纪九十年代电脑游戏《神秘岛》

（*Myst*）里面那个住在森林里的公主。”

“这有点像生态朋克（ecological punk）。我觉得这是一个非常好的取向，有点儿环保斗士的感觉。”埃德尔库特接着说，“这简直是大势所趋。”

研讨会的最后，屋子里的蛋糕味香水被她狠狠地吐槽了一番。她坚信我们可以对毛发进行创造性的处理，并且使其成为男女皆宜的新时尚。这个时候，荧幕长时间停留在这样一张图片上：无数的鲜花和枝叶从一个男人的络腮胡里生长出来。

研讨会结束以后，MAC、Banana Republic以及其他企业的艺术总监和营销人员就要回到各自的办公室，根据埃德尔库特所讲的内容重新调整自己的战略。于是，你的衣柜在接下去两年里将会充斥着亮晶晶的蓝色衣饰。这就是时尚潮流背后的秘密。

· · ·

我有时会混淆时尚圈的内外之别。尽管看秀时只能坐在场地最边缘的后排，但是时尚的浮华却又常常让人误以为自己置身其中。然而时尚圈外的人们往往不能理解圈内人的行为。我的男友里克和他的父母就是圈外人。有一次周末去沙滩旅行时，我曾见过他的爸爸，但我们并不熟——至少没有熟到适应我的穿着。

那一天阳光灿烂，温度宜人。我觉得我的穿着很完美，随性而不随意，简约而不简单：一条设计过的名牌运动裤搭配白色无袖衫和黑色高跟鞋，手上还有一串银色的手链。

当我到里克的公寓的时候，他正带着父母在周边散步。他身穿卡其衬衫和一双便鞋。他爸爸的穿衣风格也如出一辙。而他的继母身穿一袭优雅的制服和一条合身的长裤，脖子上还装饰有闪亮的吊坠（我发现女人一旦到了某个特定的年纪就特别喜欢大吊坠。估计等我到了四五十岁的时候，一定巴不得在脖子上套一个轮胎那么大的吊坠）。

“嘿，亲爱的，”里克亲切地招呼我，“这是我爸爸，你们之前见过。这是我妈妈洛莉（Lorri）。”

一番寒暄过后，他眉头紧锁，奇怪地对我说：“你今天穿的这是什么？”

“啊？这是王大仁设计的。”

“这是什么鬼裤子？”

“噢，这是目前最时尚的款式。”

他的父母不停地打量我，尴尬地笑着。

之后，我们一起穿过马路到City Hall Grill去。工作日的时候，总有一群身着正装的生意人聚集在那里；而每到周末，穿着Polo衫的普通市民们又会络绎不绝。我们点了一份贝类，我还要了一份玛格丽特酒（Margarita）。里克的继母则向我展示了她脖子上那串闪闪发光的项链。晚餐的气氛非常融洽。

我以为一切都进行很顺利，甚至觉得用餐结束以后，里克的爸爸一定会把他拉到一旁狠狠地夸奖我的阳光和机敏，并且让他立刻跟我订婚。

我们送走他的爸妈以后就回到了里克的公寓。

“这玩意儿是裤子？”里克又提起了这茬儿。

我大声地抗议道：“你没看我还穿了高跟鞋吗？”

“你就穿着这身去餐厅吃饭吗？”

“宝贝，这里是纽约，大家现在都这么穿啊！”

里克是一个沉默寡言的男人。他会把所有的事情都憋在自己心里，然后突然爆发。

果不其然，那之后不久，他就爆发了。那个时候我们正为了一些事情在电话里互相争执，结果他突然勃然大怒，认为我根本没有把他和他的亲朋好友们放在心上。

我当时就火冒三丈！我明明为了他和他的家人付出了那么多，并且努力给他们留下好印象。于是我开始细数我和他在一起这六个多月以来我为他的家人做的种种事情。

“你穿着那一条乱七八糟的裤子和我的家人一起吃晚饭！”他终于又提到这件事情了。

我的天！我从来没想过我居然会和一个男人为了我的穿衣风格吵架。我绝不会和一个试图用自己的想法“绑架”我的人继续走下去。我是在后女权主义环境下成长起来的人，我想穿什么衣服就穿什么衣服——我的衣着不是为了满足男人的喜好。时尚潮流浩浩荡荡，我的衣服我做主。我对着电话啜泣了一会儿，接着问道：

“你爸爸……说什么了吗？”

“是的！你穿着那种不正式的运动裤去餐厅吃晚饭！”

我不服气地回应：“但是我穿了高跟鞋啊！”

“我爸爸不能接受你穿那样的裤子，这对他们来说是一种不尊重。”

我当时一如既往地花了很长时间思考自己究竟应该穿什么。这么说吧，我挑一套衣服的时间大概够你把厕所全部打扫干净并且消一遍毒。那条裤子是我在对时尚的欲望和对长辈的尊敬之间进行慎重考量后作出的决定。为什么就没人理解我？里克应该对此感到庆幸，至少我没有穿着亮晶晶的蓝色“美人鱼”装出现在他们的面前。

· · ·

最终，里克和我还是和好了。一次又一次的服装之争以后，我们终于迈入了婚姻的殿堂。里克告诉我，他现在已经渐渐地开始理解时尚了。我也学会了在和他家人见面以前听取他的建议。现在，我已经把那种一时冲动买下的运动裤排除在我的选择列表之外了。我更愿意关注那些有趣而又不怪异的衣服，这样即使对那些没参加过时装周的圈外人来说也更加容易接受。幸运的是，我仍然可以在每年的时装周里，放肆地穿上我的奇装异服。时尚圈的美妙之处就在于，当我们对彼此评头论足的时候，恰恰意味着我们打破了一切客观的评价标准。

我仍然留着那条运动裤，但只是在家里觉得冷的时候才穿，因为裤子前面已经有一部分被漂白了。我不知道这是怎么回事，可至少我再也不会穿着这条有瑕疵的裤子去赴宴。更何况，现在的运动裤更加修身，我的这条早就过时了。

里克如今和我生活在一起，每次我穿上那条裤子的时候总会调皮地眨着眼睛问他：“记得它吗？”

他则会心一笑，然后我们一起回忆往昔，好不快活。我现在甚至会和他的爸爸拿这件事情开玩笑。

无论如何，我的确在这件事上获得了宝贵的经验：绝对不要在玩“嗨”了以后出去逛街。

Designers

When Rachel Zoe sent me a tree

设计师

瑞秋·佐伊送我一棵树

在《纽约》杂志工作了几年以后，我开始专注于自己的事情，每天重复着同样的工作：坐在办公桌前，死死地盯着屏幕。然后，电话响了——

“你好，我是艾米。”我接起了电话，本以为是公关打来说一些有关凯特·伯斯沃茨（Kate Bosworth）衣着评论的事儿，没想到电话那头却传来了一个让人不胜惶恐的声音：“凯莉（Carrie）找你。”这一听就是一个大人物，我立马紧张了起来，如临大敌（我的很多朋友在接到这种电话的时候也有类似的感受）。

“凯莉？哪个凯莉？”我默默地开始在心里搜索。说实话，凯莉·布拉德肖（Carrie Bradshaw）[1]是我唯一能够想到的人，但可惜她只是一个虚拟的电视角色。有没有可能是她穿越而来，带我去她们那个世界体验生活的？

白日做梦。

“艾米，我是凯莉。”电话那头，凯莉说话了。我仍然在不停地问自己：“我真的认识这个叫凯莉的大人物吗？她甚至还有专门的助理负责和我联系，我什么时候也能享受这种待遇？”

在时尚圈里，拥有一个助理是许多人梦寐以求的事。就像Chanel的包一样，配备助理是身份的象征。作为一个圈内人，你能一个人到处晃荡吗？我的答案是可以。不过为什么很多圈内人的身后一定要有助理跟着呢？原因就在于，一个助理可以让人看起来身价倍增。更重要的是，助理可以为他的雇主挡掉与普罗大众之间不必要的互动，可以负责处理一切烦人的琐事，包括打电话、回信件、买咖啡，甚至还可以替你接待那些你讨厌的家伙。

“你在写一个和瑞秋·佐伊有关的报道，对吧？”凯莉查问道。我当时觉得自己好像做了一件大逆不道的事情，而她的声音听起来就像是在责

1 《欲望都市》（Sex and the City）女主角。

问小三。

“坊间传言你在写一个有关瑞秋的故事，这是不是真的？”

我恍然大悟，原来这个凯莉就是瑞秋的公关。我好像一下子回到了学生时代，那种感觉就像当年我给我的一个普通朋友讲了“血腥玛丽”（Bloody Mary）的鬼故事，结果惹上了麻烦一样。我觉得有必要说说我的这个朋友，她叫科伦（Collen）。那个时候，一个三年级的孩子最大的耻辱莫过于对一个路人皆知的鬼故事毫不知情。我跟她说，只要你把灯关了，然后进行某种仪式，比方说在镜子面前呼唤几声“玛丽”，并且原地转圈，那么你就可以在镜子里看到浑身浴血的“玛丽”。然而科伦居然把这个传说当真了，于是她的妈妈就来质问我到底对她女儿说了些什么，导致她现在连浴室都不敢进，就好像是我早就计划好了这一出恶作剧一样。我真想告诉她：“你那傻瓜女儿不敢进浴室是因为她以为这个世界上真的有鬼。”但是我不能这么做，毕竟我只是个孩子，而她的母亲却是一个成年人，这让我始终处于下风，没办法向她说明我其实是在帮她女儿免受孤立。每次和公关交涉的时候，我总是会回忆起这个故事。于是接到电话的时候，我就开始给自己找理由开脱。

“对，我昨天确实在Bloomingdale里采访了一些人。”我急中生智，“我正在写瑞秋最新服装系列的相关内容，希望你能理解。我觉得她第一次设计就能够在这么多商店里出售真的是非同凡响，所以我准备写一篇相关的文章称赞她的无与伦比。”

“内容应该是尖酸刻薄的那种吧？”

“你是我肚子里的蛔虫吗？”我一阵腹诽。那个时候的我习惯用一种疾世愤俗的视角去评价事物，毕竟彼时的网络大环境就是这样。所谓的“博主”就是刻薄的代名词，传统的老顽固们不理解我们，认为我们不务正业。

我在*Cut*的时候就常常因为尖刻而被卷入各种麻烦中，而我只道过一次歉。当年我曾经吐槽过视频博客*Haul Vlogging*。许多人可能不太了解，这个网站其实就是让网友们外出买一些东西回来，然后坐在摄像头前面测评东西质量并且录下视频的这么一种网络形式。某天，我决定就此开始我的吐槽。于是我找了一个自认为合适的“靶子”，并且加上了一段对视频博客的介绍。

出人意料的是，我吐槽的这个人在网上有一大群拥趸。他们在我的博文下留言支持自己的偶像，骂我是婊子，还说我是蠢猪、丑八怪。

他们还在推特上攻击我。当然，在骂我之前，他们得先关注我才行。因此正负相抵，对我构不成什么打击，姐依然还是那么傲娇。

然而，真正的麻烦事还在后面。因为那个视频博主的粉丝们的疯狂留言和点击，我的帖子被顶到了网站的首页，引起了轰动。在那个年代，这是一个博主成功的标志。然而，这也意味着我曾经偏处一隅的小博客引起了老板的高度重视，他居然“兴师动众”地在周末休息时间给我打电话，命令我发表致歉声明。于是我在第二天乖乖道歉了。结果*Cut*的老读者在下面这样评论道：“艾米，你居然认怂了。”即便我只是就一个荒唐的事情发表了一些比较普遍的看法，但是我的表达方式还是太耿直了。在现实生活中我绝对不会说那样的话，这也是我写作的一大失误。

我很快明白了一点，时尚博主应该注意自己的言行，尽量不要招惹别人。如果你说话刻薄如斯：“‘在这里加入意大利设计师的元素’就好比在地中海的烈日下把游艇驶入港口时，飞溅在你泳裤上的芬达。”意大利设计师会因此而震怒，他的品牌将难以打开市场。于是无数的麻烦事会让你抓狂。首先，你别想拥有一辆自己的游艇了（尽管一个时尚博主的薪水足够让你美梦成真），因为那个意大利设计师的品牌也许正是你的衣食父母。可以这样说，正是因为有了这些设计师和潮牌，时尚博主才能坐在办公室里肆意地嘲讽那些T恤。与此同时，我也明白我不能不计后果地调侃时尚圈里的人，毕竟未来的某一天我也许会采访到他们。

比如说瑞秋·佐伊。

“不，绝对没有。”我急忙辩解，“所有人都对瑞秋的设计赞不绝口！”我并没有撒谎——佐伊最新设计的系列时装在Bloomingdale、Bergdorf Goodman、Neiman Marcus和Nordstrom等诸多商场里脱颖而出。作为一个设计新人来说这已经是一个了不起的开端了。

“可是你甚至打算在瑞秋毫不知情的情况下写这篇文章？”

撰稿人本来就有撰稿的自由，如果事事都要先知会设计品牌的话，博客早就不存在了。

但如果你想拉上品牌做什么事情的话，你就得和他们的团队不停地打交道。我料想瑞秋大概不会愿意理我了，毕竟我想要在博客上吐槽她，就像我之前吐槽环球小姐晚装秀一样。尽管我也有采访瑞秋的计划，想弄清楚零售商们究竟是真的喜欢她的设计，还是仅仅将推广她的衣服作为一种义务。这之后，我需要听听她本人的看法。

“我会告诉瑞秋的，一定！”我对凯莉解释道，“我只是在作一些前期的采访准备，下一步就是联系你们了，请相信我！”

“好吧，我看看瑞秋是不是有空接受你的采访。”她也退了一步，看来并不想直接撕破脸。

“谢谢您！这篇文章一定很棒！”——她早已挂断了电话。

· · ·

一些像《Vogue》这种级别的杂志可以轻而易举地接触到名牌设计师，他们从来都对这些设计不吝溢美之辞。当然，这种做法也有利于广告合作的开展。于是杂志的主编安娜在寸墨寸金的九月刊里增加了广告的页面，向康泰纳仕（Condé Nast）的管理层交差，并且得以在电视访谈里大谈特谈自己独树一帜的九月刊所获得的成功。

这是避免被“封杀”的办法。毕竟在这个圈子里，任何微不足道的小事都会导致被“封杀”的厄运，一旦如此，你将会疲于应付。这也是时尚行业潮牌当道的关键：一个品牌可以用禁止参与时装秀，或者吸引广告合作的方式威胁令自己不满的刊物。

每个圈里人都如履薄冰地行走在被“封杀”的边缘。在某个品牌的时装秀上一句不经意的评论都有可能成为被“封杀”的理由。《纽约时报》的评论员凯西·霍琳（Cathy Horyn）就曾经被Armani“封杀”，而原因只不过是她在一篇文章里说自己没什么必要亲临秀场，毕竟所有的走秀照片都可以在网上搜到。事后她这样写道：“被‘封杀’让我看清了一件事，时尚行业现在正处于一个新老交锋的节点。对于二十世纪八十年代奋斗成长起来的老一辈设计师和设计品牌来说，‘封杀’是他们在自身权威受到挑战时的一种反制措施。”

理论上，《Vogue》成功地用一种苟且的方式使自己免受“封杀”，但是依然有设计师及其品牌对时尚杂志构成了事实上的“封杀”—— 阿瑟丁·阿拉亚（Azzedine Alaia）从不允许时尚杂志拍摄自己的作品，从不投放广告，也从不迎合商业的需要。曾经有一份所谓的榜单被泄露到网络上，它列出了《时尚芭莎》拍摄需求最大的几家品牌：

按重要性由高到低：

1. GIORGIO ARMANI
2. MICHAEL KORS
3. CALVIN KLEIN
4. YSL
5. CHLOÉ
6. VERSACE
7. AKRIS
8. DEREK LAM
9. CAROLINA HERRERA
10. CÉLINE
11. GIVENCHY (CHECKING)
12. STELLA MCCARTNEY
13. HERMÈS
14. REED KRAKOFF

不做广告的品牌（按首字母顺序排列）：

1. 3.1 PHILLIP LIM
2. HELMUT LANG
3. NARCISO RODRIGUEZ
4. PRABAL GURUNG
5. PROENZA SCHOULER

这可真是时尚界的奇耻大辱。我怀疑很多读者会认为那些规模较小、资金又不充足的先锋品牌不会像Michael Kors那样受到《时尚芭莎》的青睐。法国版《Vogue》杂志就曾经被Balenciaga“封杀”，具体原因众说纷纭，其中一个说法是：《Vogue》的一位编辑同时也是麦丝·玛拉（Max Mara）的顾问，把Balenciaga的一件样品给了麦丝·玛拉。最终，这位杂志编辑和Balenciaga的设计师在约谈之后冰释前嫌。

说到这里，我知道你一定非常想知道我到底有没有被“封杀”的经历。我的回答是：当然有。我曾经因为一些莫名其妙的原因而被品牌“封杀”，也因此收到过很多警告。不过说实话，如果能收到一封写得好的“封杀”信，倒也算是一大乐事。比如下面这封：

亲爱的艾米：

您好！

我们对今天刊载于*Cut*的《……》一文在标题中使用×××（设计师的名字）名字的行为表示遗憾和痛心。

××（警告信作者的上司）对您的行为感到失望。您依然坚持在文章中捕风捉影地说一些过时的流言，尽管我们×××（品牌名）以及我们的总公司×××（总公司名称）曾经多次正式否认过这些消息。WWD杂志曾经援引过我们总裁×××（品牌总裁的名字）驳斥××（设计师的名字）很有可能被解雇的声明。事实上，总裁还因为××（设计师）对品牌的杰出贡献，邀请他参加了总公司的年会。《纽约时报》最近也有专门的报道否认这个谣言。

作为一名合格的记者，您不应该一意孤行地散布这种流言。您的这种行为已经彻底激怒了×××（总裁）和×××（总公司）。此外，您在文章里提到的××（设计师）滥用药物等情况，更是对设计师人格的诽谤，您的指责是完全不公正且不必要的。

这种充满了谎言和欺骗的文章绝不应该继续出现在《纽约》杂志的官方网站上。××（警告信作者的上司）在此立誓，将不惜一切代价禁止贵刊从×××（公关公司）处获得相关信息，并且拒绝贵刊对×××（总裁）及×××（总公司）的一切采访要求。

希望您能理解。

×××

很搞笑对吧？我还曾经和一位设计师交恶，因为我在博客上对他即将举办的时装秀进行了展望。当时他和他公司的领导不知道吃错什么药了，居然威胁说要“封杀”我们整个杂志社。更奇葩的是他们居然说我们杂志社的工作人员看秀的时候过于激动和较真，甚至把走秀T台上遗落的袜子和鞋子写进了报道。我们（尤其是我这种居然在秀场最后一排都能看清模特走秀的人）真的是“十恶不赦”的家伙。从此，我再也没有收到过他们的邀请。

· · ·

时尚达人们就像是棒棒糖，他们的外部被无数的公关人员和助理层层包围，只有经过坚持不懈的努力和严谨审慎的斡旋，才能最终穿越这些阻碍，接触到他们本人。根据瑞秋过往的经历来看，我觉得她的这层“防护堡垒”虽然难以攻破，但是如果运气不差的话，你将会接触到她柔软的内心。首先，她在名流中享有很好的声誉，并且凭借自己的实力闻名遐迩。她当年负责妮可·里奇（Nicole Richie）的造型设计，一举把这个曾经衣着邋遢，整日与帕丽斯·希尔顿鬼混的赌徒变成了一个高贵优雅的童话公主。但瑞秋却也因此遭人嫉恨，成为了各种八卦小报中的流氓恶棍。我不懂为什么把妮可变成国民偶像会让瑞秋成为众矢之的。思来想去，大概是所谓的嫉妒在人们心里作祟。瑞秋出现以后，妮可实现了华丽的逆袭，她仿佛在一瞬间拥有了詹妮弗·洛佩兹（J. Lo）那样如水的肌肤，甚至成功瘦身，可以风姿绰约地把一条嬉皮士风格的围巾当裙子穿。如果说在二十一世纪初，人们（尤其是洛杉矶人）对美有什么共识的话，詹妮弗·洛佩兹那样的肌肤以及意在言外的波西米亚风格一定是他们梦寐以求的东西。瑞秋帮妮可实现了这一切，她也因此被各种报道“妖魔化”了。但是她在梦幻之都洛杉矶的杰作鼓舞了对时尚绝望的明星，他们团结了起来，共同抵制腰部和下摆都被剪得粉碎的短裤。

可是花大力气穿越时尚名流们坚硬的外壳其实并非上策。我还有另外一个屡试不爽的方法：“潜伏法”。

这并不意味着对他人私生活的侵犯，更不意味着你需要为此以身试法。例如某天米兰达·可儿（Miranda Kerr）回到家里，结果看见有人在厨房里闻着她换洗的衣物，对着她的肖像做不雅动作。合法的“潜伏”用几封邮件就能搞定。

这种方法一共分为两步：第一步，注意公关团队给你发的邀请函，他们会标明一些届时可能会出席的名流，千万别一时冲动，为了某些鸡毛蒜皮的小事而错过这些活动。机不可失，时不再来，也许你真能在活动中遇到几位微醺的圈内大师。这些平时惜字如金的名人们说不定就借着酒劲接受了你的采访。第二步，一旦明确了采访的对象，你就应该在活动中想尽一切办法接近他，并且提前准备好录音设备，跟他搭讪。我当年就用这个方法当面采访到了我们这个时代最重要的设计师卡尔·拉格斐（Karl Lagerfeld）。那时候刚刚来到*Cut*工作的我受邀前去观礼，但我当时还没有意识到，这是一场命运之约。

邀请函如下：

彼得·麦克吉尔

（Peter MacGill）

和

格哈德·史泰德

（Gerhard Steidl）

邀请您参加新书发布会

卡尔·拉格斐

《一个美国人的变形记：青年成长的轨迹2003—2008》

接待时间

2008年5月16日

19:00—21:00

在这个邀请函的下面还有一行小字，它没有被加注任何标记，但却异常重要：

卡尔·拉格斐届时也会出席。

对我们来说，卡尔·拉格斐是一个梦幻般的怪才。可现如今，即便是像他这样名满天下的卓越之士从你身边经过，你也会熟视无睹。因为你从不肯仔细思考，也不曾留意生活。男男女女们满脑子想着的只是如何在夜店猎艳，人们被同质化为一个个欲望的原子。

说到这里，我觉得有必要稍微介绍一下卡尔：他是时尚界的巨擘，曾经创造性地将经典与柔美两种设计风格成功结合，并且一举重振此前被人们唱衰的Chanel工作室。他不仅在二十世纪八十年代初用奢华性感的路线让Chanel重新焕发生机，并且吸引了大量年轻的时尚新星（比如安娜·温图尔）。想象一下这样的场景：百货商场万人空巷，连你的妈妈和外婆都想去Chanel购物！

我是卡尔的忠实拥趸，他天马行空的想象力令我折服。在他的世界里，幻想和快乐永无边界，他似乎不属于这个尘世，他的生活只出现在费里尼的黑白电影里。大家往往会认为他是一个怪杰，因为在很多人眼里，卡尔是那种宁愿费时费力地用传真机传送消息，也不愿意尝试使用新式手机的人。传闻他还会在漂洋过海的旅途中穿上和服，连他的爱猫也不走寻常路——它一直“尊享”高级陶器中的新鲜海味，甚至还一度登上了德国《服饰与美容》的封面。除此之外，卡尔的着装也有着鲜明的个性：他常常身穿一袭三件套的西服，打上领带，配上层次分明的项链，偶尔还会佩戴钻石胸针。他到哪儿都梳着一条银白色的小辫子，戴着自己标志性的黑手套和黑墨镜。他看起来就像是华盛顿和迈克尔·杰克逊（Michael Jackson）的合体。

他的一举一动都会在时尚界的著名设计师中间引发一场跟风的热潮。

卡尔的秀场有着各种非凡的创意，他可以从呼啦圈的造型里获得钱包设计的灵感，可以从楚贝卡（Chewbacca，《星球大战》中的人物）形象的启发中设计出毛皮大衣，还有带着海狸尾巴的短裙套装。他有着独特的魔力，能让腰缠万贯的富豪们为一些奇怪的设计如痴如醉。这对于设计师来说至关重要，却又偏偏难于上青天。如果设计师们没有能够唤起我们的购买欲，那大概得归咎于前辈设计大师们深远的影响。卡尔、马克·雅各布、艾迪·斯利曼（Hedi Slimane）等前辈设计大师开启了设计的各种可能，后人在这条路上也不过是亦步亦趋。

卡尔充沛的表现欲让他在时装秀场上如鱼得水——尽管我从来没有收到过邀请，毕竟我还不够分量。能参加那种级别的时装秀，怎么也得是负责《服饰与美容》杂志专栏的社会名流，或者是奥尔逊姐妹（Olson twin）和詹妮弗·劳伦斯那样的巨星大咖。卡尔特地仿制了一架“飞机”作为模特们走秀的场地。他把过道当作T台，木制的地板上铺满了干草和尘土，还有一座从北欧运来的冰山。不过最夸张的还要属秀场里那个用巨型Chanel提包做成的旋转木马。我坚信如果有朝一日卡尔破产，被迫离开时尚界的话，他一定是为年长的贵妇们设计一个游乐场的不二人选。

我这里还有卡尔的另一个八卦：他出版了一本史上最奇葩的减肥指南，书里列出的所有菜单只对他本人有用，但是对其他人来说只是一堆“黑暗料理”，比如鱼肉蛋奶酥、蔬菜肉冻，还有咸肉覆盆子慕斯。

我当即给美术馆发了邮件以确认卡尔当天到底会不会出现。我得到了肯定的回复，他当天一定会亲临现场，为布拉德·克勒尼希（Brad Kroenig）的照片展站台。因为这些照片是他本人最近五年间亲自拍摄的，这次得以集结成册。亚马逊网站（*Amazon.com*）上这样描述这本书：

本书用光影记录了世界第一男模布拉德·克勒尼希这几年身心的成长变化……2003年，拉格斐发掘了他，并在比亚里茨（Biarritz）为他拍了第一张照片。自那以后，拉格斐就用自己的镜头日复一日地记录下克勒尼希成长的点点滴滴。

这整个事件中最奇怪的部分在于，卡尔居然会花整整五年的时间拍摄同一个男模，并专门为他在美术馆办展览，而且这个美术馆居然还坐落于市中心（当然卡尔也有在市中心现身活动的先例，但那是在充满了异域情调的威尼斯或者首尔，而不是庸俗的纽约）。在这样的市中心办展览就像是在星巴克排永无止境的长队。这也是赫斯特出版社在自己的办公室里开一个咖啡馆的原因。他们出版社的员工们也因此免受生活在城市中心的等待之苦。

话说回来，在市中心办展览这件事情本身也给了卡尔一个不出席的绝佳理由。但是我始终坚信我命中注定要遇见“老佛爷”卡尔本人——事实证明我是对的。

我找了两个搭档和我一起在混乱的市中心美术馆开启“接近老佛爷”的计划。这两个搭档分别是我的闺密克里斯和《纽约》杂志官网的摄影师乔纳（Jonah）。他们是我此次采访不可或缺的重要伙伴，克里斯是一个能说会道而且阅历丰富的潮人，他曾经和很多明星有过接触，这其中就包括麦当娜（Madonna）。万一我见到卡尔以后语无伦次，他可以帮我撑住场面。至于乔纳，他负责在我采访的时候抓拍照片，以便及时发布到互联网上。这是我采访过卡尔的证据，更是我后半生向朋友们吹嘘的资本。

周五晚上，雾气迷蒙。我和我的搭档们乘着电梯来到了美术馆，四周都是布拉德的照片——他姿态万千，有时从窗户里向外张望，有时注视着自己的衣袖。场馆里还有一张照片是由无数布拉德面部写真的小照片拼贴而成——我们被无数的“布拉德”围困了。唯一值得庆幸的是，场馆里的酒水倒是免费的。

“你准备对卡尔说些什么？”克里斯认真地问我。

我当时已经有点微醺，把一切的计划都抛到了九霄云外。我本打算简明扼要地问一些有关总统候选人性别与衣品的问题，但脑子里却始终萦绕着另一个问题：“您是不是也会喜欢一些平庸的东西？”——于是我无奈地长叹：“天啊！”

我们能做的只有等待。克里斯和我开始讨论布拉德到底是不是值得跟拍五年？他的相册是不是配得上八十美元的高价？——这至少给百无聊赖的我们提供了消遣的话题。时间一分一秒地流逝，七点、八点……九点。朋友们来来往往，放弃了等待卡尔的计划，转而奔向夜店猎艳。我们喝了一杯又一杯，喝到后来甚至忘记了周围无数的“布拉德”从照片里向我们投来的灼灼目光。我已经忍受不了这种折磨了——虽然我一如既往地相信卡尔，至死不渝。

“他大概不会来了。”克里斯失望地说。

“别说这种丧气话。”乔纳反对他的看法，“卡尔一定会来的，再坚持一下！”尽管乔纳并不是时尚圈里的人，他只是无论如何都坚持一个最简单的信条：卡尔是时尚之神，他值得我们的等待。他不是不来，只是按照自己的安排，降临在我们中间。

我开始宽慰大家：“如果他不来，也许反而是好事。至少我们不用忍受站在他身旁却被无视的窘迫和不安。”只要想想过去五年间，“老佛爷”对多少健美的肌肉男熟视无睹，他的眼里只有布拉德。更何况，“‘老佛爷’

又不是那种想见就能在网络交友平台上随便约到的对象”。

就在我们觉得邀请函上那句“卡尔·拉格斐会亲临现场”的承诺是一纸空文，并且准备一无所获地回家时，电梯门打开了——卡尔，那个传奇般的男人迈步而出。你一定明白我当时的感受。比如说，你在演唱会上苦等你心爱的艺人，但他始终没有出现，然而就在你失望至极，甚至开始忿忿不平的时候，漆黑的舞台上突然降下一束灯光，烟雾升起，你钟爱的明星站在了舞台的中间——那一刻，所有的等待都是值得的。我当时的感受与此类似，只不过舞台背景处的绚丽舞者变成了电梯门后的黑衣保镖。

天道酬勤，我们打开摄影机对准了卡尔。结果他居然宿命般地向我们走了过来，仿佛我们就是他的男宠布拉德！

“卡尔！！！卡尔，卡尔，你为什么选择了布拉德？”我把话筒举到他的面前。

“很少有人能像他一样在镜头前面表现得如此自然。我觉得他可以不断地更新自我。”卡尔在回答问题的时候身体前倾，他的香水味不停地飘散过来。

当你在一个鸡尾酒会上采访时尚之神的时候，千万记住一点：每个参加酒会的人都希望能从他嘴里听到只言片语，能够有一张和他的合影，或者一张他本人在现场的照片，所以你提的问题必须简洁。否则，一旦他被其他东西吸引，你将再无机会。

“你支持巴拉克（Barack）还是希拉里（Hillary）？”

卡尔一语点醒了我——他是一个外国人：“这世界上最糟糕的事情莫过于对一个与自己毫无关系的问题夸夸其谈。”

“但是你对希拉里的着装有什么评价吗？”我继续向卡尔发问，此时他的注意力已经被其他的东西吸引了。我不禁开始在心里碎碎念：是布拉德那个“妖艳贱货”吗？去你的布拉德！

“女政客都面临一个大问题。”他回答道，“如果她们的个人风格太明显，就会失于庄重。所以很难对她们的着装提出什么高的要求，不过我觉得希拉里裤子的做工真是差劲。”

随后他走到一旁开始接受拍摄，并且观赏展出的照片。

结束了采访，我感觉自己像是在做梦。这就好比演唱会第一排的观众有幸和自己的偶像击掌一样棒。更棒的是，我当天神志清醒，没有喝醉或者玩得太嗨。美术馆也没有像演唱会现场一样，有那么多疯狂的人们，挤得你哭天抢地、气急败坏。

· · ·

既然我可以和卡尔有这么一段美好的经历，那么几年后，我和瑞秋的会面也一定会有一个好的结局。在时尚圈多年的摸爬滚打让我可以不着痕迹地与明星们不期而遇。可我还是很忐忑，毕竟这些年我没少在博客上挖苦她的真人秀和她在QVC[1]上的服装。更何况我还常常嘲讽她的丈夫，我觉得每当我写下“瑞秋的丈夫一次戴的项链比我这辈子买的项链还多”这种话的时候，她一定已经在暗地里偷偷地扎小人诅咒我了。

我约了瑞秋在萨克斯（Saks）见面。她常常在那里用开派对的方式发布自己的新款时装。我常常把它称之为“瑞秋喊你买衣服”主题派对。她一定骂我是一个刻薄的毒妇。每每想到这一点，我半是激动，半是不安。

1　美国公司，全球最大的电视与网络的百货零售商。——译者注我乘着自动扶梯到了现场的登记处——这是你分辨自己是不是来到高级商店的一个依据。通常，一家高端商店一定会配有助理，他们负责把闲杂人等拒之门外。去采访这种高端人士常常会令你坐立难安，因为这种经历只会把你自身和这些名人之间的阶级差距不断地放大并摆在你面前。一个像佐伊这样有头有脸的设计师是绝对不会站在商场的衣架前和你侃侃而谈的，她更乐意和你在一个私密而舒适的空间里，好好坐下来，用银制的杯碟共享精致的茶点，顺便“指点江山”。

一位秘书领着我进了门，门后又坐着一桌秘书。那位秘书让一位身着全黑套装的女士引导我穿过了一扇扇迷宫般的大门，来到了一条铺着豪华地毯的秘密通道前。这是我在拜访名流的时候常常遇见的状况，在这些错综复杂的巨大建筑里，你的确需要一个向导。名流们喜欢躲在建筑深处的一个隐秘角落，除了别的名人以外，无人知晓他们的踪迹。我当年能在美术馆采访到卡尔真的是百年难得一遇的幸事，因为他的行踪常常让人难以捉摸——后来有一次，我试图在梅西百货公司（Macy’s）采访他，但却没能成功，当时我被告知自己“并不在会客名单上”。但是事实上，我连他本人到底在不在那儿都不能确定，毕竟真正能表明他本人在那里的标志只有那一群黑衣的保镖。

最后，护送我的女士把我带到了一间屋子里，那里有精致的三明治和各种点心。那种风靡时尚界、售价十美元一瓶的绿色果汁被冷冻在冰桶里。现如今记者招待会上最流行的饮料就是这种贵得离谱的果汁。记者会上的每个人都会拿一杯，但是没有一个人真的会喝。因为这果汁的零售价贵得离谱，所以大家都喜欢拿着它以提高自己的格调。

于是我又开始等待。采访设计师和明星都需要一个等待的过程，毕竟每天都有无数的人想见他们，但真正有幸能一睹他们尊容的却寥寥无几。他们按照自己的标准品评人物，并在其中挑选够格相见的人，而我大概也“不幸”忝列其中。

我坐在那里，拿着那杯贵得离谱的果汁，一边等着瑞秋，一边开始回想过去对她的种种恶语。说起来，这一切都是因为当年一个自由撰稿人写了一篇指责瑞秋的报道，那个时候她因为迟到而错过了马克·雅各布的时装秀。其实每一场时装秀都会视现场的情况推迟开始的时间，迟到在时尚界是一件司空见惯的事情。可偏偏马克却是那种非常守时的主儿，当天的秀准时开始了。于是那位撰稿人对瑞秋因迟到而错过整场时装秀的行为深恶痛绝。这篇文章在我们的博客上一经发布，就引起了轩然大波，连Bravo电视台的真人秀节目都被“惊动”了。我不禁扪心自问：“她现在是不是仍旧对我怀恨在心？”万一如此，她一定会质问我为什么当初那么针对她？又为什么把她的无心之失无限地放大？我越想越担心：“她会不会直接把绿果汁砸到我身上？”

凯莉提前走进了房间。她是一个纤巧雅致又惹人怜爱的女子。但是她的性格中也有凌厉的一面，说不准下一瞬就会对你横眉冷目。我们在瑞秋到来之前寒暄了几句——这是一个采访之前的惯例，名流们先让自己的公关前来探探口风，顺便接受来访人肉麻的恭维。

接着，瑞秋轻盈地走进了房间，她那蓝色条纹的礼服裙摆扬起了一阵微风。尽管那个时候还是八月，她却依旧穿着针织的高领毛衣，身披一件崭新的纯黑皮夹克。然而她却不是当天现场最奇怪的人——她身旁那个脸上没有一点脂肪的助手凭借一身新款的黑色礼服，拔得头筹。瑞秋是一个我行我素的人，她的穿着旁人只可远观，却永远也模仿不来。这正是成名的美妙之处：时尚圈的大咖们可以瞎穿一些毫无内涵的衣服，却也没人敢对此评头论足。曾几何时，歌手穿上了二十世纪八十年代在实验室里穿的连衣裤在冰天雪地里上街购物；卡尔·拉格斐也把呼啦圈改造成挎包，售价两千四百美元——事实上，人们喜欢的就是这种无意义的肤浅。

瑞秋是个妙人。与我的小肚鸡肠不同，她对我们曾经的恩怨只字不提。

“那个系列的衣服看起来很贵啊。”我们在那堆“粉饰太平”的茶点前握手致意，一排衣服就挂在远处：有驼色的斗篷、一件下摆褶皱看起来就像一条裙子的人造皮草大衣、一组裤脚及地的夸张喇叭裤套装、褶皱装饰的长裙、闪闪发光的夹克，还有一件毛皮背心。

“请坐吧，你应该不介意在我的办公室里小坐吧？”她一边开着玩笑，一边随意地坐到了沙发上。

我心里涌起一股暖意，继续发问：“您设计那些衣服的灵感来自哪里？”

“设计是我的梦想，但也是我的梦魇。被大家评头论足是一件可怕的事情，这么多年以来，我仿佛时刻被众人围观和审判，所有的时尚买手、零售商，还有杂志编辑和评论员——他们都是我的法官，这简直太可怕了。”

我听出了她的话外之音。像卡尔·拉格斐那种级别的名人，他们虽然举世闻名，但却没有一个能够真正理解他们的人。除非和他本人直接互动，否则你永远走不出大众认知的偏见。于是时装周就应运而生了。我们在时装周上评点服装，也品评设计这些衣服的设计师们（比如卡尔和瑞秋），我们暗自观察他人的一举一动。最可怕的是，大家明明各自“审判”着彼此，却又偏偏缄口不言。除了少数几个时尚批评家以外，没有人会在人前直接说出自己的真实想法。他们往往会三五成群地在人后暴露“毒舌”本性：哪位设计师应该滚出时尚圈，哪个明星的街拍造型就是个笑话，前排的哪个名流会面临被杂志吐槽的危险……

瑞秋在这个行业摸爬滚打了二十年，对这一切了如指掌。她明白在这种商业竞争中，第一印象至关重要。时尚与流行歌曲不同，流行歌曲可以一再播放，细水流长；但时尚的抉择却只在一瞬间，失不再来。很少有设计师能一再获得博众人欢心的机会，也很少有设计师可以用一季又一季的尝试让人们最终承认他的才华。如果你在迈入时尚圈之前已经是一个小有名气的（以时尚圈那种高傲的标准而言）电视明星了，那么这条成名之路就会越发艰辛，人们很可能会因为你之前的荧幕形象而忽略了你的设计才华。

我向瑞秋请教，为什么她设计了一些“平民”的作品（所谓的“平民”意味着这些东西的售价虽然贵，但却还是在人们的接受范围内）。大多数设计师也会为Sear或者沃尔玛（Walmart）设计一些相对便宜的服饰。但是瑞秋设计的一条裙子只售四百美元，整整比亚历山大·麦昆（Alexander McQueen）和斯特拉·麦卡特尼（Stella MacCartney）设计的便宜了好几个档次，他们设计的裙子大概要卖八百到两千美元。也许对瑞秋来说，这种“平民”的服饰才是她的主营项目，她也因此赚得盆满钵满。

“我一直在为了保持产品的低价而努力。”她继续说道，“我是维多利亚·贝克汉姆（Victoria Beckham）和马克·雅各布的忠实粉丝，他们天才的设计总是让我耳目一新。”

我非常欣赏瑞秋的表里如一。尽管她常常带着精致的妆容，身穿各种华服；尽管她的公关非常不近人情；尽管她在时尚圈里举足轻重，生活也极尽奢华。但是在这一切的背后，她的心里还是始终保持着非常接地气的那一面。她不是克莱尔·丹尼斯（Claire Danes）那种两面三刀的女演员，这边对着《纽约客》（*New Yorker*）人物专访的记者百般讨好，那边就在红毯上对《纽约邮报》八卦版面（*the Page Six*）的记者无理取闹。

瑞秋并不像卡尔·拉格斐那样“不食人间烟火”。但是他们都可以将自己的人格魅力转化为时尚号召力。

“我记得我曾经非常迷恋一些单品，但是当我和我的团队坐在台下看到它们的标价时，都被吓得不轻。于是一个念头在我脑海中产生了：我的作品一定不能标这么高的价格。”一个痴迷于追逐时尚潮流，甚至不惜为之一掷千金的设计师能够有这种想法，真的是令人肃然起敬。

瑞秋领着我穿过了一排排的衣架，向我展示各种潮流单品。“那是查理套装（Charlie suit），这里有各种长短的裤子……”她不停地向我介绍，“这些都很有Saville Row的味道。”（Saville Row位于伦敦，贝克汉姆经常在这条街上买一些贵得离谱的正装）。

“这是无尾礼服。”瑞秋激动地说，“你看那边——曼丹娜（Mandana），站起来！”瑞秋对远处那个坐在沙发上的瘦弱的黑发女生发号施令。她立刻站了起来，踢踢腿转了几圈，好好地向我展示了一下她的喇叭裤。

“喇叭裤真的很棒。”我回应道。

之后，我们越聊越投机，但是瑞秋还是得回到商场里去，那里也需要她。我和瑞秋的助理一道跟在她的后面，穿过了一个又一个秘密通道，来到了一个看起来很高级的试衣间。

试衣间的门一道接着一道打开，瑞秋的工作就是从中间的过道穿过，逐一点评他们的着装。这真是炫酷。

一个十七岁的金发少女被妈妈带过来买衣服，瑞秋经过她的身旁，教她怎么样才能把那件带亮片的上衣穿出味道："我建议你可以选宽松一点的尺寸，0号、2号或者4号都行。"几乎每个女人都觉得应该买尽可能小号的衣服。我父亲当年就调侃过这种现象，他说他以后如果开一家服装店，所有服饰的尺寸一律用2号，一定会很受女性朋友的欢迎。瑞秋还建议一位对冲基金经理不要尝试那件驼色的斗篷，除非她想成为曼哈顿上东区（Upper East Side）的"超人"。

你或许会觉得这些人（银行家、和妈妈一起来逛街的高中女生）一定会因为世界顶尖造型师亲自为她们的着装提建议而阵脚大乱（以我为例，我和瑞秋的交流很愉快，但是我暂时还不能接受她当年对我的服饰评头论足）。然而大概因为这里是纽约的缘故，大家对所谓的"名流"已经司空见惯了，大家的举止非常镇静，瑞秋就好像只是星巴克里的一位普通顾客，向他们提出了一个类似拿铁咖啡去奶泡的简单要求。在萨克斯逛街经常能够享受到这种福利，于是*E!*和*celebrate lifestyle*网站就鼓吹说，女人每年至少要有一天能过上格温妮斯·帕特洛（Gwyneth Paltrow）那样的生活——可如果你在萨克斯办理了会员，那么你在一个月内就能享受好几次那样的待遇。

这次会面之后，我又和瑞秋在电话里聊了一会儿，当时她正被司机载着前往下一个商场。我觉得我就像一个讨厌的跟屁虫一样——这就是记者的工作：不断地纠缠并且接近你的采访对象，直到获得你想要的信息。很多时候，无论你多努力地去引起他们的注意，在电话那头发出声音的仍旧是自动服务系统，你仿佛一直在和电信公司打交道。

我最终为她写了一篇相当正面的报道。从此以后，我再也不相信网络上那些危言耸听的传言。我所认识的瑞秋是一个受人欢迎的奇才。我仍然记得开篇里凯莉为了防止我写一些有关瑞秋的负面报道而给我打的警告电话。

而当我和这样一个妙人接触了之后，我再也说不出那些尖刻的话来了。可是如果当时她真的像我想象的那样把在第五大道买的金枪鱼沙拉倒在我头上的话，就又会是另外一番景象了。

事情告一段落之后，时装周又要开始了。这时候，我收到了这样一条消息：一棵“树”莫名其妙地出现在了我的桌子上。

鉴于我之前连仙人掌都能养死，这个消息对我来说真是忧大于喜。

我回去工作的当天就看到一盆半人高的兰花被玻璃纸包裹着，巨大的白花上挂着一张卡片。上面写着：

“感谢您的夸奖！——瑞秋”

我仍然保存着那张卡片。瑞秋可能是我所认为的最有影响力的造型师、明星和设计师，所以能够拥有一封她的亲笔信真是莫大的荣幸。尽管兰花早已凋谢，但这张卡片却可以代代相传。到那个时候，她有可能取代卡尔·拉格斐，成为了新的时尚教主，八卦电子杂志上到处都是她的香艳传闻。到那个时候，也许只有老人才保有阅读的习惯，而书写已经像远古岩画那样蒙上了历史的灰尘。

Celebrities

Going bra-less into the celebrity wild

明 星

一次“赤膊上阵”的采访经历

“这道菜怎么样？”理查·基尔（Richard Gere）指着我盘子里的扇贝问道。

“一般般。”我随口回应，话刚说出口就觉得自己太耿直了。

“那你试试这个。”他一边说着，一边把自己盘子里的馄饨匀了一个给我。我不禁开始揣度他的用心，要么他真的是一个慷慨而又体贴的人，因此想要和我分享这份美食；要么就仅仅是因为他自己需要节食以保持身材（明星，你懂的）。

我切了一半下来，然后尝了一口。

他向我保证说：“我觉得味道很不错，就像南瓜派一样。”

“嗯，我也喜欢这个味道。”我回应道（这个时候就不能再说实话了）。

一位电影记者坐在我的旁边，他在饭桌上大谈特谈理查这次电影的主人公鲍勃·迪伦（Bob Dylan）。可惜的是我对这个话题知之甚少，没办法参与讨论。当时的我只是《纽约》杂志的自由记者，也是那次餐桌上年纪最小的人，更是他们当中唯一的女生，因此我被彻底边缘化了。我和他们之间根本没有共同语言，我感觉自己就像是和一群爸爸辈的“直男”吃饭。他们喜欢看足球比赛、听经典摇滚，并且大快朵颐。但是我看的却是《欲望都市》（*Sex and the City*），听的却是“小甜甜”布兰妮。话题一旦超出了我的时尚本行，就已经脱离了我的掌控，所以对我来说，那次采访理查的经历真是不堪回首。

当时，我受邀前去观看理查出演的电影《我不在那儿》（*I'm Not There*），并且和主创们共进晚餐。正是在这种场合中的不断历练，为我以后在*Cut*的工作打下了基础。一开始主编让我去参加这个晚宴的时候，我根本没想到我的邻座居然会是理查·基尔和大导演托德·海因斯（Todd Haynes）。要命的是，用餐过程中的话题主要是电影和二十世纪六十年代的音乐，而我实际上对电影并不感兴趣，一旦影片超过九十分钟，我就会昏昏欲睡。我对这些话题没有丝毫兴趣，只能不由自主地放空自己，神游物外。

“是不是应该采访一下他们？”我赶紧回过神来，“可是理查已经主动向我示好了呀，他甚至还把馄饨分给了我，再逼问他会不会显得很奇怪？还是应该表现得正常点，把馄饨吃掉吧。”

吃馄饨的时候，我发现我已经可以插上话了——他们在谈论iPod！在当时这还是个新鲜玩意儿。

我顺口问了理查：“你用iPod吗？”

他说他买了一个，不过只是想研究一下：“我不喜欢入耳式的耳机，我觉得不用耳机听音乐效果会更好。”我觉得他在这方面已经有点像“老顽固”了。

我心想：“现在或许可以把录音笔放在桌子上录音了。”

我得带点证据回去。不然的话，主编一定会觉得难以置信：我和理查一起吃了饭，但是除了那只馄饨以外，居然没有从他那里打探到一丁点儿的消息。

我打开了录音笔，把它放在了原来放馄饨的地方。

作为一名派对记者，我常常在一些鸡尾酒派对上进行采访。在那种场合下，问完种种奇葩问题以后，你至少还可以立马“逃离现场”，呼朋引伴，心安理得地和其他的派对记者们待在一起。但是和这些明星或者电影发烧友们坐在一起讨论这些“高大上”的严肃话题，实在不是我的强项。我觉得大家真正感兴趣的并不是明星们光鲜亮丽的一面，而是那些能够让他们走下“神坛”的细节——比如他们穿着的内衣其实破了一个洞。

饭后，我发现除了在席间充当“花瓶”以外，自己其实什么都没做。我慌了。

我居然白白浪费了一个小时，错失了大好良机。我应该问问理查，他觉不觉得自己不吃乳制品的这个习惯其实有点娘？

见鬼！

在电影放映之前的红毯环节我还有采访的机会。我跑到红毯的警戒线前——它将名人和普罗大众分隔开来，这种分隔反而让我重拾了自我。

“我只是想问您一些之前在饭桌上没来得及问的问题！”我扯着嗓子对从旁经边过的导演托德大声喊道。

“您和迪伦说过话吗？”

他回答说：“我并没有和他说过话。尽管我曾经有机会那样做，但是我放弃了。我并不想面对面地问迪伦一些俗套的问题，这会限制他在我心目中的形象。你明白我的意思吗？（并没有。）这部电影要展现的并不是鲍勃·迪伦真实的一生，我们就是想要把握他生活中那种神秘莫测、不可描述的维度，我不想把迪伦拉回到现实生活里来。你明白吗？（并没有。）”

“见鬼，还是什么都没问出来，换个话题吧。”我灵机一动，“比如小动物。”

“理查在晚宴的时候告诉我，你没有问过他究竟会不会骑马就让他上场演。这是真的吗？”

“我没有跟他说过——这的确是剧本的桥段，但是我却没有了解过他的马术水平。结果过了一周，他就开始骑着马在我面前不停地显摆，好像在说：‘你看我的马术怎么样？’”

“哈哈，谢谢您的配合！”我当时非常慌张，赶紧让我后面的人继续采访。

影片一结束我就飞奔回家，赶紧开始检查之前的录音。结果发现饭桌上的录音根本就是一片模糊。

我只好尽可能回忆自己当时坐在理查身边的所见所闻。幸好，主编最后还算满意，稿子也成功发表了。

· · ·

随着采访经验的不断增加，我已经学会了自如地与明星们打交道。对于像我这样文静内向的人来说，能在一个派对上进行采访真是不幸中的万幸。毕竟派对在相当程度上泯灭了人们避免尴尬的本能。但如果你和我性格相近，你一定能理解那种在酒会上孑然一身的凄凉。我必须克制住想要逃离的冲动，假装正在用手机处理公事，以避免尴尬。我的工作其实很简单，只要在派对进行的时候走上前去和名人们打招呼，并且介绍自己，然后开始问一些没头没脑的问题。刚刚入行的时候，我觉得和这些人交谈简直难于上青天，但是渐渐地，我开始习惯忍受这一切，开始驾轻就熟地进行采访。

在纽约这个地方，几乎每天都有好几场“红毯”庆功会。其中大部分都是与时尚有关的，因为时尚圈里的人不论做什么事都要走个红毯，开个派对庆祝一番——今天是这家商店的开业庆典，明天是那款香水的发布会……我的主编发现我是《天桥风云》的忠实观众，所以她就把时装周期间的大部分时尚典礼都交给我负责。可是设计师也好，模特也罢，时尚达人们还常常在其他场合出没，比如电影首映式。因此懂得一点时尚知识还是颇有好处的。

采访有时就像直肠检查一样“舒爽”。换句话说，也许很少有人愿意做这件事情，但是我们为了自身的健康，就不得不忍受检查时的不适。总的来说，派对现场真的不是一个可以好好交流的地方：人们都喝得酩酊大醉，现场环境喧嚣嘈杂，何况你只有大概三分钟的时间可以和明星们进行交流，在他们说出“亲爱的，你可以滚了”这种话之前，你必须从他们嘴里获得有价值的材料。比如，对于《纽约》杂志来说，“我喜欢粉色的唇彩！”这类信息是毫无意义的。因此你必须重新回去找到更有趣、更奇葩、更新颖的回答。

在派对上，最好的采访策略是从一些和派对有关的问题打开局面。举个例子，你正在参加罗伯特·卡沃利（Roberto Cavalli）办的万圣节派对，你的第一个问题应该和万圣节相关，比如可以聊聊穿豹纹的和穿长颈鹿纹的各自的优点，也可以聊聊游艇上发生的一些事情，因为这些东西都和卡沃利以及这个可恶的节日相关——是的，我恨万圣节。当你像我一样连续三年在万圣节这天喝得酩酊大醉，躺在地板上号啕大哭之后，你应该就能理解我对万圣节的感情了。更何况我还生活在这个万圣节的时候成年人比四岁的孩子更疯狂的城市里。

每次采访之前，我的主编总是会给我准备的问题提一些建议。比如我在去“吹牛老爹” 肖恩·科姆斯（P. Diddy）设计的新品香水发布会之前，我的主编就建议我问大家这样一个问题：“你闻起来怎么样？”

“这是一个很应景的问题，我以前经常这么问。”主编强调说。

于是我就去曼哈顿的上东区参加了那个名为“不可原谅的女士”（*Unforgivable Woman*）的香水发布会。会场里一片漆黑，现场弥漫着这款香水的气味，一台烟雾器不断地制造有害健康的腐臭雾气。

我观察了一下会场内部，发现最有机会采访到明星的地方就是楼梯口那个通向高级会客室的区域，肖恩本人会和阿什顿·库彻（Ashton Kutch）等一众明星大咖在那个幽僻的角落共享悠闲的时光。这些人将一步步踏上这命定的阶梯，远离我们这些凡夫俗子，最终越过守卫森严的警戒线，到达他们专属的“仙境”。我在楼梯上留住了和碧昂斯一起出席的Jay-Z，把录音机直接伸到他面前，大喊道：“你闻起来怎么样？”他当时显然被这个奇葩的问题给吓到了，甚至还有一点生气，结果我得到了一个更加奇葩的答案：

“我闻起来很让人陶醉。就好像刚刚洗完澡那样，身上披着一块毛巾，斜躺在床上，擦拭着身子，我闻起来就是那种味道。”

我闻起来也那样——如果我没有在这个鬼地方被这款“不可原谅”的香水熏那么久的话。

后来，等到Jay-Z和碧昂斯从肖恩的私人休息室里出来的时候，我成功地留住了碧昂斯。她当天身穿一袭光滑的长裙，看起来就像是高中生的那种半正式礼服（这也许就是肖恩旗下的 Sean John品牌的某一款服饰）。我问了她同样的问题，结果她只留下了“性感”这个词就翩然而去。从她着急离开的表现来看，肖恩的高级定制套装一定少了一项功能，这让明星们无法在这个“香气四溢”的会场里久坐——毕竟它没有装空气净化器。

两个小时过去了，我绝望地搜寻着明星们，在狭窄的过道里汗流浃背。我刚刚在这场无聊至极的发布会上交了一个新的记者朋友，他指着黑暗处的一个人，对我说：“那是电影大亨哈维·韦恩斯坦，我的主编不会对他感兴趣，但是我觉得你可以和他聊聊——他非常契合你们杂志的风格。”我当时并不知道哈维究竟是何方神圣（很久之后，已经化茧成蝶的我成为了街上回头率最高的美女，还在Plaza和他有过一次偶遇），但是我当时已经走投无路了，所以只好“死马当活马医”。我挤开了围在他身边的成群的模特，问了他同样的问题。当时的场景仍然在我的脑海中挥之不去——

“你闻起来怎么样？”我发出了言不由衷的笑声，“我喜欢和您聊天！”当我看见哈维的脸阴沉下来的那一瞬间，我就开始后悔自己作了这个愚蠢的决定。

“我闻起来怎么样？”他咆哮着，“你什么意思？什么叫‘你闻起来怎么样’？”他当场让我关掉录音设备，然后开始指着我的鼻子骂我，什么难听的话都说尽了。等他骂完了，我才回到我之前待的扶梯旁，我感到羞赧，不过倒不是因为Jay-Z的表现和我那个从头问到尾的“天才般”的问题。为了更好地完成这项工作，你必须坦然接受这样一个事实：精心计划的互动和接触，最后有可能都会变成一种自我惩罚。在圈内多年的摸爬滚练就了我如今的一身本领，我不再为接近明星而坐立难安，也不再把互动的不快放在心上，即便是采访马克·雅各布和蒂姆·古恩（Tim Gunn），我也能镇定自若。刚入行的时候，我在采访前坚决不喝酒，因为只有这样才能保持注意力的高度集中。几个月后，我已经逐渐适应派对的节奏，开始纵情狂饮。那时的我把明星们当作一群可爱的宠物，在正式采访之前，我甚至还喜欢简单地“调戏”他们一番。

那天夜里，我真正获得的信息不过是Jay-Z说自己闻起来像香皂。而那些拒绝回答我问题的明星们则被我当作茶余饭后的谈资，也可以顺便告诉大家明星们的真面目。

不过我承认，大多数明星还是要比哈维友善很多。或许他是我记者生涯中遇见的态度最差的人。对许多明星来说，不论是不是愿意回答记者的问题，他们都还是会尽可能地对采访者释放善意。有一次，我在Rodarte的时装秀结束之后想要采访坎耶·韦斯特（Kanye West）。于是我走向他，可怜巴巴地说："问几个问题可以吗？"

"不了，我今天不回答问题。"他回应道。我当时听到这个答案的时候，表情一定很沮丧，然而他居然给了我一个轻轻的拥抱——就是半搂着你，靠在他的胸膛上的那种。我至今还记得脸颊贴在他胸膛上的瞬间，也记得他身上淡淡的体香（他绝对没用这款"不可原谅"的香水）。

有些明星对派对上的记者们非常刻薄，风评很差。比如克尔斯滕·邓斯特（Kirsten Dunst）就曾经在派对上对我的朋友出言不逊，克莱尔·丹尼斯也曾经在《夜晚》（*Evening*）这部电影的首映式上对我的采访极不配合——这部烂片是她和丈夫休·丹西（Hugh Dancy）的定情之作，也是这部电影唯一的看点。我的主编还告诉了我蕾切尔·薇姿（Rachel Weisz）的真面目，其他的同行们则对朱利安·摩尔（Julianne Moore）心怀不满，他们觉得即使在摩尔面前放一张一百万元的支票让她接受采访，她也会高冷地走开。

· · ·

实际上，只要你掌握了相应的采访技巧，明星们通常会和颜悦色地接受。而且有些明星的脾气是出了名的好，比如莎拉·杰西卡·帕克（Sarah Jessica Parker）。我曾经在拉尔夫·劳伦（Ralph Lauren）的时装秀上和她有过一次愉快的邂逅。

出席时装秀比参加婚礼有意思多了，尤其是在时装秀上你可以看到很多的明星和社会精英。明星对于一个品牌来说至关重要，他们可以吸引媒体的目光，从而提高设计师和品牌的知名度。走秀当天晚上，我接到了通知，主办方要求所有人穿正装出席。通常，对记者来说，参加一个时装秀只不过意味着不能穿牛仔裤而已，除非你也要走红毯，否则不用穿正装出席。我当时对这次时装秀的规格预计不足，事到临头才发现自己居然没有一件晚礼服。毕竟之前从来没有哪一个主办方对记者的穿着提过要求，最正式也不过穿一件舞会的长裙套装。然而为了不犯众怒，我还是决定尽量挑一件相对合适的衣服蒙混过关。我最后挑了两条裙子，一条是印花的Banana Republic羊毛长裙，另一条是我在Calypso St. Barth特卖会上淘来的黑色针织裙——后者显然是更好的选择。可惜的是穿这条裙子的时候不能穿胸衣啊。“你是不是已经作好准备‘赤膊上阵’了？”我尴尬地问自己，陷入纠结之中。

我试了试裙子。它前面有一块布料可以缠着胸部，系在后背上，我的整个锁骨和背部都露在外面。为了把风险降到最低，我尽可能地把缠胸的布料往后夹紧。

“这衣服会不会走光？”

我站在卧室的镜子前仔细地查看，似乎没有什么异样，唯一的遗憾就是我的“飞机场”——无论如何，这至少比走光要好。这已经是我衣柜里最雅致的衣服了，而且我的胸前至少还有一些布料挡着，即使遇上了最坏的情况，我至少还可以用手挡住。

我一到达中央公园（Central Park）的秀场，就开始后悔不迭。大概没有一个人会像我一样“吃错药”选择在这种场合下“赤膊上阵”。因为这里只有三种人：其一，真的穿了正式晚礼服的人；其二，穿着不能穿内衣的礼服，但却为此专门准备了乳贴的人；其三，穿着自己设计的晚礼服出现的人。

见鬼！

红毯仪式开始前，公关给记者们送来了今晚有可能会出席的明星名单。这种名单不可不信，但也不可全信，它总是时错时对。然而这一次，这份名单显然是对的，成群的明星潮水般向我们涌来。黛安·索耶（Diane Sawyer）、芭芭拉·沃尔特（Barbara Walters）、王薇薇、唐纳·卡兰（Donna Karan）、玛莎·斯图沃特（Martha Stewart），还有梅耶尔·布伦伯格（Mayor Bloomberg）……他们的名声把我给震住了。不过姐姐我可是被哈维·韦恩斯坦"怼"过的人，什么大风大浪没见过。

要在这么多明星面前集中注意力，全情投入地采访固然很紧张，可是比起这个，我更担心搜集不到好的素材，没法跟主编交代。于是我把这种紧张的情绪放在一边，开始对经过的明星们不停地发问。

"芭芭拉·沃尔特！你是怎么挺过时装周的？"

她睁大眼睛，惊讶地看着我说："你今天的打扮很漂亮，不过恕我没法回答你的问题。"

黛安·索耶来了，我又大喊道："黛安！你可以说一个和拉尔夫有关的故事吗？"

她回忆起了自己第一次和拉尔夫见面的场景："我觉得这就发生在一瞬间，我当时正在考虑要不要穿上他设计的那些鞋子，而且我当时甚至连这鞋子怎么穿都不知道。"

那是王薇薇！我让她也回答了同一个问题，她说："我当时在面试，拉尔夫问我对夹克有什么看法，然后我说自己并不喜欢夹克，之后他就录用了我。"

玛莎·斯图沃特聊了聊拉尔夫那辆噪声巨大而且价格不菲的豪车。我当时觉得自己就像是一个派对女王，居然轻易地从明星那里得到了我想要的内容。

红毯结束后，这场宏大的活动就正式开始了。先是T台走秀，为了让后排的观众也能看清楚，现场的座椅设置得有点像体育场。这个时候也是大家互相窥探，品评人物的时候，大家都感觉自己成了所有人目光的焦点，很多时尚达人们喜欢这种感觉。不过因为我没穿胸衣，这对我来说是一种前所未有的煎熬："这里的灯光这么亮，万一走光了可怎么办啊？"

这场以"窈窕淑女"为主题的走秀一结束，拉尔夫就走上了舞台，像《绿野仙踪》里面那样挥了挥手，舞台的幕布被撕开，一场幽暗缥缈的烛光派对正式开始了。远处喷泉四溅，酒水齐备，我觉得自己就像来到了一个人间仙境，只不过环绕四周的并非仙女，而是明星。完美！每个人都为他这番别出心裁的安排暗自赞叹。

我径直走上前去，对身边一众华服傍身的明星们熟视无睹，一步步走向了拉尔夫。

"拉尔夫你好！这真是一场惊艳的秀！你挑选开场模特的标准是什么？"

他说："没有什么特别的开场，我的模特都是这个世界上最好看的。"

要的就是这个答案！"这个时装周你会去看其他的秀吗？"

"不会，没人邀请我。"

这时候，他身边已经被狂热拥趸围得水泄不通，不过幸好我已经提前采访到他了。也许这就是设计师的魅力所在。如果没有他们，这些美轮美奂的衣服从何而来？他们对明星的走红起着至关重要的作用。在我看来，一个明星之所以能够家喻户晓，大概有百分之七十五的贡献来自于设计师们，正是他们让明星们看起来光鲜亮丽，卓尔不群（还有百分之二十四得归功于明星自己的才华和天赋，而记者大概只能左右剩下的百分之一。因为现如今走红的成本实在太低，你只需要站出来穿着衣服拍几张照就行了，每个人都可以通过社交网络做到这一点）。

对我来说，这个不开灯的派对最大的好处就是没有人能够察觉我没穿胸衣这件囧事了。

随着大家开始三五成群地交流，我也加快了采访的进度。我准备在喷泉附近再进行一些采访，那里明星聚集，简直就像一个蜡像馆。

在《欲望都市》里扮演凯莉的女神莎拉·杰西卡·帕克就站在喷泉旁边！

她的着装就像她在电视里面的角色一样：一袭长及脚踝的丝质露肩长裙光彩照人，腰上还系着一条深棕色的男式皮带，长长的头发盘成一个发髻。这是一个和她深入交谈的好机会，我非常喜欢她在《欲望都市》里面饰演的凯莉。

在去喷泉之前，我反复检查了自己的裙子。彼时的她正和自己的丈夫马修·布罗德里克（Matthew Broderick）在一起。

“莎拉你好！我是《纽约》杂志的——”

“我非常喜欢看你们杂志！”她兴奋地打断了我，仿佛和我一见如故。

我事先真的有想过和一个凯莉·布拉德肖那样的人成为好朋友的后果，那就是我不能在这段关系里成为凯莉那样的角色。我觉得我的性格可能更接近米兰达（Miranda），因为我既不像萨曼莎（Samantha）那样“睡遍天下无敌手”，也不像夏洛特（Charlotte）那样对粉红色的东西毫无抵抗力。然而在闺密圈里，大概应该没有一个人会愿意成为米兰达那样的人，因为她实在是太过尖刻和保守了——她大概会给自己买妈妈们最喜欢的伊林·费雪（Eileen Fisher）女装。不过为了能够和凯莉成为闺密，做那样的女人也无妨。

凯莉告诉我她最喜欢《纽约》杂志里面的餐厅推荐版块。我装模作样地和她侃侃而谈，尽管这个版块和我没有半点关系，但是我却摆出一副了如指掌的样子。

她说她对最近的餐车系列很感兴趣："我决定吃遍所有的餐车。"她还告诉我她最喜欢四十七大道和五十大道之间的那辆餐车。

我略显担忧地问："你是不是应该考虑一下卫生的问题？"

"我当然很小心，但是既然他们每天开张做生意是合法的，而且也没有相关报道揭露他们的卫生问题，应该还是可以放心的吧。"

"那除了餐车以外，你还有什么喜欢的餐厅吗？"我当时在心里默念："姐们儿，咱能不聊吃的事儿了吗？"

"我不知道那家餐厅的发音，它叫S-f-o……"她说的那家店是曼哈顿上东区的一家意大利餐厅，名字叫Sfoglia。

之后，话题又回到了时装周。她的行程实在太满，所以只看了拉尔夫的这场秀。"现在有太多双眼睛盯着你了，"她聊到了传媒的兴起对明星的影响，"人们真的很毒舌，所以我尽量减少自己的曝光率。"

我们聊了整整八分钟，另一个《欲望都市》的狂热粉丝把我的新朋友"拐跑了"。于是我又陷入了一个奇怪的情境里，此刻站在我面前的是她的丈夫马修——又一个"直男"。

"我可以问您几个问题吗？"我心想，既然我能和他的夫人聊得那么愉快，也应该可以和他畅所欲言吧。结果他从一开始就表现得相当粗鲁。

我轻声问道："您怎么看今天的秀？"

他的回答显然和我不在一个频道上：“我不太懂这些玩意儿。”他无所适从地站在那里，好像在说：“天啊！为什么这里没有球赛可看？”

“您最近参加的一场时装秀是什么？”我继续发问，既然你的夫人站在潮流的最前线，那么你一定不会没参加过这类时尚活动吧。

当然，他肯定去过。

“我最近去罗马参加了瓦伦蒂诺（Valentino）的时装秀。”

“哦，那是他的告别演出！那场时装秀和这场比起来怎么样？”（如今你可以在传奇设计师瓦伦蒂诺的纪录片里看到那场惊艳世人的时装秀。秀场上的服务生们为观众体贴入微地提供各种服务。）

“没什么不同。只不过那场在体育馆，这场在中央公园。”

我觉得我还是回到“凡间”去找我的普通朋友们好了，实在是没必要沉浸在和明星“称兄道弟”的幻想里。

和明星交流最能锻炼一个人的派对社交能力，因此有我在的聚会永远不会冷场。可是久而久之，我的职业病也给我带来了困扰，我常常会不自觉地对朋友们开启采访模式，试图挖掘他们背后的故事。幸好我的朋友们都能明白，那是我对他们爱的体现。

Editors

The time I refrained from barfing on my idol，Anna Wintour

主 编

在我的偶像安娜·温图尔面前
强忍呕吐的欲望

某年夏日的午后，我在阳台上晒太阳。每年这个时候我都会花两个月的时间享受日光浴，把皮肤晒成健康的小麦色。就在这个时候，我接到了《Vogue》杂志的一位新晋高级编辑的电话，他操着一口浓重的英式口音："你好，我叫马克·霍尔盖特（Mark Holgate）。不知道你对我们杂志时尚主笔的职位有没有兴趣，我们最近会有一次面试。"幸好我那天还算清醒，没来得及玩得太"嗨"。

然而我还是猝不及防——他们是怎么挑中我的？莫非山中无老虎，连我这只猴子也能称王？

"不胜荣幸！"我对着电话那头激动地说。

马克对此很满意："很好！那能麻烦你把自己的简历和五篇样稿发给我吗？最好再联系一下我们的人力资源部，确定一下你来面试的时间，我们会安排你和安娜见面。"

我回应道："没问题，我现在就把材料发给您。"

《Vogue》在时尚界被奉为圣，因此它的主编安娜·温图尔简直就是时尚的缔造者。毫无疑问，她是整个时尚界里最有影响力的人物。在《服饰与美容》杂志工作意味着你可以在时尚圈占有一席之地，它是对你个人价值和地位的肯定，而这也是时尚得以存在和发展的第一要义。

在那家杂志社工作意味着《穿普拉达的女王》（*The Devil Wears Prada*）这部电影里面的那种生活对你来说已经不再遥不可及。你可以坐着头等舱飞往巴黎参加时装周，和名流们出入于各种高级的社交场合，还可以获得许多大牌的额外折扣，成功接近时尚的权力中心。也正因如此，《Vogue》的工作人员遭受了无数的嫉妒和冷眼。可是很多圈内人并不承认自己的嫉妒心理，大家通常都会装出一副不愿"同流合污"的样子，在他们的背后指指点点，制造非议。

然而，当你真的接到了《Vogue》的工作邀请，就会一反常态，兴奋得像个孩子。

此时，阳台上的我已经大汗淋漓了——《Vogue》的人大概不会出汗吧。所以记住：一定要在温图尔面前关闭所有汗腺。我觉得再待下去的话，这件湿透了的比基尼就会把我的白毛巾染上颜色了。每年夏天，我的日光浴计划都会被汗腺拖累，变成一种附庸风雅的仪式。于是我只能返回室内。

回到房间的我不禁开始考虑去了《Vogue》之后的种种后果。首先，我每天都得衣着光鲜、妆容精致地准时去上班。可是即便是现在每天只穿着牛仔裤，配一身碧昂斯的T恤，踩着一双平底鞋去上班，就已经让我疲于应付了。其次，一旦选择去那里工作，我就只能对如今的时尚界说一些漂亮的场面话了。这和我目前在*Cut*的嬉笑怒骂完全不同。更何况，这次的面试是由我的偶像安娜·温图尔直接负责的，我怎么敢单独面见她?

“等一下。”我对自己说，“这次面试最重要的部分好像不是以后在《Vogue》的工作中会面临的问题，而是安娜·温图尔啊！如果我要接受她的面试，我该说些什么？还有，我那天应该穿什么啊？”

如果蒂娜·诺尔斯（Tina Knowles）能够在这个时候扔一条裙子给我就好了。

· · ·

我在纽约时尚界横冲直撞的这些年里，安娜·温图尔是我唯一没胆子接近的人。她是我最崇拜的偶像，很少有女人能像她一样获得那么多的尊崇、荣誉和权力。每次我对某件事感到胆怯的时候，我就开始想象安娜会怎么做。比如你想要求老板给你升职加薪，这是很多女人（也包括我）都难以启齿的事情。但如果是安娜遇到这样的情形，她就会潇洒地走进老板的办公室，在他的面前慨然落座，义正词严地说："我在这里工作是公司的一大幸事。鉴于我为公司作出的巨大贡献，我觉得你理应给我加薪百分之三十。你倒是自己想想，二十一世纪什么最重要？人才！麻烦你现在就给我加薪。"但是这种事情也就是我的想象而已。事实上，我只能在这种想象的激励下，忐忑不安地走向老板的办公室。而等我在他面前坐下的时候，一腔豪情早已消失了大半。最终，我只能低着头，支支吾吾地说出我的请求。不过这种方法至少让我有胆子提出加薪要求了。

所以这就出现了一个尴尬的情况：既然面试你的人就是安娜·温图尔，你又怎么能够用幻想自己成为她的方式来给自己壮胆？我觉得我这回完蛋了。所以，作为一名"久经沙场"的记者，我立刻开始准备面试。我几乎动用了自己在媒体界的所有人脉，试图搞清楚安娜·温图尔究竟是个什么样的人。其中最有价值的信息来自于我朋友的朋友，她以前在《Vogue》工作过。在给我发的电子邮件里，她告诉我，如果安娜给我自由陈述的时间，我一定要小心，千万别离题万里。她还给了我一些内部消息。首先，千万不要穿一身纯黑的衣服（安娜自己在《Vogue》网站上的一个视频里也提到了这一点）。她还提醒我一定要准备一些和日常生活相关的内容，因为安娜提的问题里，"与专业相关的内容要远远少于日常生活的内容"，比如"周末你会干什么"之类的。有一点需要特别当心：千万别说自己喜欢网球，因为安娜对这项运动了如指掌。不过反正我对球类运动也没什么兴趣，这点倒是不足为虑。最后，她还让我在面试的时候提一提自己最喜欢的杂志照片或者文章。

因此，为了通过面试，我应该好好研究《Vogue》杂志，坚决不穿黑衣服，而且应该巧妙地介绍我自己的兴趣爱好。可是，我有什么兴趣爱好？难道要对安娜说："我周末通常都在夜店喝酒唱歌。而且我在夜场喝完酒以后，正好可以继续在早茶派对里狂欢？"我默默地告诉自己：一定要培养一个正经的爱好。

除了我个人对安娜的敬畏，以及没有什么兴趣可以拿出来应对面试以外，我还是有一些自我安慰的资本的。毕竟，我之前也经历过很多的面试，而且也得到了很多高端杂志的主编认可。不过主编之间的风格差异还是很大的，有的主编注重你的文学才华，有的时尚主编则首先关注你的穿衣风格。从我入行以来，我开始不自觉地关注周围人们的穿着。我自己仿佛也在一瞬间实现了从丑小鸭到白天鹅的转变。安娜曾经是时尚杂志的主编，她定义着人们对时尚的理解，左右着时尚的潮流。所以对她这类挑剔的编辑来说，我的穿着打扮非常关键。不过话说回来，挑剔本身就是编辑的天性：编辑的本质就是把很多东西打碎重组，以此创造完美。他们是时尚得以从高级秀场走向千家万户的最大功臣。他们不断地比较、筛选，最终记录下那些美丽的服饰与动人的瞬间。

我在时尚圈里采访的第一个重量级人物就是《Vogue》日本版的主编安娜·戴洛·罗素（Anna Dello Russo）。当时我负责《纽约》杂志春季时尚特刊的采写工作，因此有幸电话采访了她。在电话里，她讲述了自己从一个负责打包衣服的小助理，到一个顶级时尚杂志主编的艰辛历程。她在大学里师从詹弗兰科·费雷（Gianfranco Ferré）学习时尚设计，并且默默无闻地在时尚行业奋斗多年，直到她设计的一套华服被街拍摄影师拍下，从此便一炮而红。她为时尚行业付出了全部的青春，最终大器晚成，令人敬佩。这也印证了一句话：那些年你吃过的苦、流过的泪，总有一天会笑着说出来。

罗素是真的、真的、真的很爱时尚（重要的事情说三遍）。为了能够节食穿上一套时装，她甚至把家里的厨房给拆了。她还在位于米兰的豪宅边上建了一个房子，专门存放自己的衣服。她在电话采访里说，为了不对衣服造成损伤，那间房子常年保持恒温。

“收藏衣服是一件很麻烦的事，因为这不光需要足够的空间，还需要保持合适的温度。否则会弄坏衣服的。”她解释道，“因为房间里有灰尘，这些灰尘还会对衣服造成损伤。我对如何存放衣服非常在行，所以每件衣服都保持得很完美。我的房子里常年保持低温，这样最有利于衣物的储存。”

我很难想象那样的场景，不过这也许就是时尚大牛们和我们这些“凡人”的差别。对罗素来说，时尚虽然是一种永无止境的欲望，但她能够为之买单。但对于我来说，时尚只是我永远都无法满足的无限欲望。对我来说，存储衣服的最大挑战不过是要小心提防我那二十五美元的比基尼把颜色染到其他衣服上而已。罗素的描述让我想起了百货商店的布局：在商场的中间部分，温度比较高，那里售卖一些便宜又乏味的食品，比如面粉；而在商场的外围则是冷藏食品区，比如鱼、肉，还有上等的奶酪。这些商品价格略贵，而且新鲜美味。虽然我没有亲眼见过她的储物房，不过我想温度的控制大概也是那样（百货商场我去过，但是高端的时尚却还是我正在追求的目标）。

罗素的设计风靡网络。她穿着一身名牌出现在时装周上，很多人通常都只是从品牌和设计师那里借来这些衣服，而她却不走寻常路地用自己的钱买下了它们（天知道她花了多少钱）。不仅如此，因为她每次出现在镜头前都必然身穿不同的衣服，所以每次她参加时装周，都需要打包很多衣服。于是我就顺便问了问打包的事儿。

她回答道："那真是噩梦。我打包衣服的水平很高，毕竟这是我的老本行。我还是一个小助理的时候就经常干这类杂活儿。举例来说，你去墨西哥参加活动，需要一条雪纺的裙子，可如果你打包不当的话，就得花上三天三夜的时间把布满褶皱的裙子熨平。"

"服饰对我来说是一种信仰。"她接着说，"我知道如何打包衣服，也知道如何保护它们。我常常看见很多人的打包手法非常糟糕，他们得多注意一些打包的规范，有机会我给你示范。"

"我的天！你可不可以现在就示范？"我在心里呐喊，简直迫不及待地想要看见她亲自打包衣服的场面。

我的下一个念头就是想要取得主编的同意。毕竟在杂志社里，一个选题的生死最终掌握在杂志主编的手中。我建议拍摄一段罗素打包衣服的教学视频，这也正是我们杂志社面临的一个日常难题。主编当然同意了这项计划，所以我立刻给罗素发了邮件，询问她是否同意让我们在合适的时间拍摄这段视频。她当即表示乐意。我最欣赏罗素的一点也正在于她表里如一，说到做到。与时尚界很多名流的口是心非不同，她并不否认自己是个名人，并且享受自己的名誉和荣耀。然而有些明星却并非如此，他们甚至会在自己的电影首映式上翻着白眼，摆出一副不堪其扰的神色。如果我是大明星的话，我一定会乐在其中。某种程度上来说，所有的媒体从业者都渴望被别人关注。我们的工作意味着不断地把自己的名字向公众广而告之——不论是在杂志的栏头上署名，还是成为网络红人。但是接下来，我就要把自己变成安娜·温图尔那样的人，让所有的记者闻风丧胆。这样我就可以在盛名之下得享清静。

· · ·

冬去春来，又一季时装周开始了。我和摄影师终于有机会拍摄罗素的打包教学视频，地点定在了富丽堂皇的翠贝卡（Tribeca）大酒店。

可是我把衣柜翻了个底朝天，也没找到合适的衣服可以穿着去采访。我不禁想到，一个人穿什么衣服取决于他者的目光。换言之，如果我今天要见的不是大名鼎鼎的罗素，而是我的高中闺密，我绝对不会如此煞费苦心。可是现在，看看我穿的都是些什么：一件American Apparel的毛衣、一条优衣库的牛仔裤，即便是我省吃俭用从萨克斯买的黑外套，也一定入不了她的法眼。

所以眼下我只剩一条路了：在参加一些盛大时尚场合的时候，如果你像我一样没有一件拿得出手的衣服，只需要记住一点就行——穿一身全黑的衣服。不过这招在见安娜·温图尔的时候并不管用。一般情况下，除了空乘人员和专柜售货员，很少有人会穿一身黑衣。因此只要你衣服的胸前没有名牌，有别于他们的职业套装就可以。如果还能再加一双穿起来不舒服的鞋子就更完美了——鞋子越怪，你的装扮就越时尚。

我只能勉强从垃圾堆般的衣柜里翻找出一件黑外套、一条黑裙、一条过时的黑裤子和一双晃着银色拉链的黑靴子。我披上了黑外套，挎着一只黑色的漆皮大包就出了门。坦白讲，每次背起这只包都会让我无比尴尬，它黝黑的包身在黄色金属的衬托下就像蜕了皮似的。可惜的是我当时根本别无选择——但愿她不会注意到我的包。

我梳妆停当就直奔酒店，摄影师乔纳会在大堂等我。可是等我到了那儿以后，发现他还没来，于是就在大厅里坐下，开始了漫长的等待。时间一分一秒地过去，都到9:05了，乔纳还是没出现——再这样下去我们会迟到的。我给他打了电话，但他居然说自己已经到宾馆了！

“我也在这里。”他说，“你在哪儿？”

“我坐在大厅的椅子上，你真的在翠贝卡？”我疑惑地反问道。

“翠贝卡？不——我们约的地点是格林威治（Greenwich）酒店！”

见鬼。

我慌了：“那鬼宾馆在哪里？我从来没去过。”

他冷静地说：“不远，就在格林威治和诺斯穆尔（North Moore）之间。”

我慌不择路地往几个街区以外的格林威治酒店狂奔，早春的风就像针扎一样刺在我的脸上，对于我这样一个德克萨斯人来说真的是酷刑。

在脸失去知觉以前，我终于找到了乔纳，他表现得相当淡定。

“我的天，我们迟到应该没关系吧？”我红着脸问道。这个宾馆比之前我在的那个宾馆好多了，不过这是当然的。

他一如既往地镇定：“放轻松，我们现在上楼采访吧。”

我们乘着古色古香的电梯来到了她所在的楼层，穿过了长的过道，发现我们的时尚女神罗素早已打开房门，戴着路易·威登的兔耳头饰，静静地等着我们。

我心想：“完蛋了，她居然真的准时在等我们！而且她居然真的像传闻里说的那样会戴兔耳朵！”

“很高兴见到您！”我殷勤地说，“我是艾米，我们迟到了，真的非常非常抱歉。”她穿着一袭黑白的连衣裙，优雅地坐在床边。

“没事儿！”她用自己标志性的意大利口音邀请我们进门，并向我们介绍了她的日本助理。乔纳和我把衣服和包放在了她房间的地板上，可还是让整个地板都黯然失色了。

“我给您带了一本杂志来，里面有您的采访。”我试图在她心里挽回一点形象，也为我们的迟到表达了歉意。

她回答说：“嗯，我当时也买了几本。”

这大概就是时尚大咖和我们凡人的区别：雷厉风行、追求完美、无懈可击。我深深地为罗素的风度所折服，心想：“总有一天我也会成为那样的人。”千里之行，始于换包。要想成为那样的巨擘，首先得把我这只烂包给换了。

“太棒了，我真是不胜荣幸。”我开始进入采访的状态。

在正式开拍之前，我们和她商定了有关拍摄的各项事宜。她向我们展示了自己的各种收藏：一件Dolce&Gabbana的粉红色长毛大衣、马克·雅各布设计的各种奇装异服、一个名字拗口的小众设计师定制的芭蕾短裙……我们决定先由我展开采访，并且展示她的各种收藏，接着让她演示自己的打包技巧。

当乔纳准备开机的时候，罗素开口了：“等一下，你先出去。”

“什么？”我心里一惊。

她指着我说：“你先出去，然后开门。”

“好吧。”我心想，“她可是罗素，我最好听她的话。”

“等一下。”她又补充道，“这个——不应该放在这里。”她捡起了乔纳的摄影包和我们俩的外套，连同我那只破包，一起丢进了厕所。“现在，你们俩出去。”

罗素是一个经验老到的时尚编辑，她对这次拍摄有自己的计划和理解。

我们的外套和背包与周围高档华贵的一切完全不搭调，一定会把这次拍摄搞砸。我不怪她，毕竟那破包连我自己都看不下去。

我们“遵命”退出了房间。我大概永远不会成为罗素那样的人，但是我会在这二十分钟里成为阻碍她追求完美的“贱人”。

门关上了。乔纳也早已在走廊上架好机器，这时候罗素把门打开了。

“你们好！”她头戴着萌萌的兔耳朵，激动地向我们打招呼——拍摄开始了。

· · ·

我对罗素那天展示的打包技巧并没有什么印象，倒是她对我外套和挎包的所作所为在我心里留下了不可磨灭的痕迹。时至今日，我不禁开始担心：罗素尚且不能在一段二十分钟的简单拍摄里忍受我的挎包，何况安娜·温图尔呢？可是这个世上真的有能让她称心如意的装束吗？既然我已经提前知道了安娜不喜欢纯黑的时尚职业装，那么我只剩一条路可走了：借一套名牌服装。正巧《纽约》杂志那时正在拍摄春季时装，而这些拍摄用服装全部掌握在我的闺密伊芙（Eve）手中。不仅如此，她眼光独到，正好可以在这方面给我提供各种建议。虽然我拥有丰富的时尚知识，但是我自己穿衣打扮的品位却奇差，因此去《Vogue》工作对我来说简直就是个笑话。罗素那种级别的巨擘们对于时尚的理解显然与时俗不同，毕竟那个时候的我对时尚只有一些肤浅的理解，比如一身全黑的套装。

我把去《Vogue》面试的事情告诉了伊芙，她建议我打扮得淑女一些。

我当时心里非常忐忑，担心借老东家的衣服去参加另一家杂志面试的恶劣行径会被其他编辑撞见。但是我们还是在试衣间里不停地试衣服、换衣服，时间一分一秒地过去。

她把我领到了一个高级的试衣间，站在镜子前让我把衣服脱光了。

“安娜对时尚了如指掌。”她说，“你穿的品牌必须要入她老人家的法眼，衣服也必须是当季的。”

她推荐我穿BGBG。这的确很前卫，但是合适吗?

“BGBG是《Vogue》杂志钦点的潮牌，但我觉得你可以打扮得更好。”说着，伊芙从衣柜里拿出一条袖子长到手肘的直筒连衣裙。这条裙子简约而不简单，不过鉴于我对穿衣打扮一窍不通，我还是不能确定这究竟是不是最好的选择。

幸好有伊芙在。

她好好打量了我一番，然后肯定地说：“穿这身准没错！再加一条项链就完美了。”

于是她在架子上翻找了好一阵，最后拿出了几条菲利普·克兰奇（Philip Crangi）的项链，戴上以后和那一身象牙般白净的连衣裙相得益彰——那一瞬间我明白了，这就是典型的《Vogue》式装扮。

“那鞋子怎么办？”我看着镜子里的自己，着急地问道。同时心里也开始涌现出了另一种担忧：“万一我把什么东西洒到自己身上了怎么办？”

伊芙托着下巴思考了一会儿，说：“穿裸色的高跟鞋。”可惜我手头没有这样的款式，伊芙的衣柜里也没有。所以我下班后还得去Bloomingdate百货商店赶快入手一双——我多希望家里那八大本《Vogue》杂志里面的内容可以自己跑到我脑子里来。

我只能再次打电话求救，这次赶来救场的是我的另一个闺密塔拉

（Tara）。她可以不厌其烦地陪着我在商场里瞎逛。几番挑选之后，我看中了科尔·汉斯（Cole Haans）的一双裸色露趾高跟鞋，这也是《Vogue》推介的某个品牌。然而在二百五十美元的高价前，我还是犹豫了。塔拉则一如既往地靠谱，她建议我说："买了吧，反正又不是只穿一次。"

我点了点头："你说得对，这双鞋子很百搭。"事实证明她的确很有远见：多年以后，我穿着这双鞋子出席了很多人的婚礼。年轻的我那时根本没想到我的假期日后会被无数的婚礼和宴会侵占，幸好塔拉早就替我想到了。这也在很大程度上改变了我的消费观：时尚圈里的人常常会强调一个概念"每用一次花费多少"。意思是如果你花了两百美元买了某样东西，但是你只用了一次，那么你每次使用所花费的金额就是两百美元。可是如果你花了两百美元买了一样东西，并且用了至少四十次，那么你每次使用所花费的金额就只有五美元。这是一个很简单的数学问题。

我从商场回到家里的时候，已经是晚上八点了。可是我手头还有一堆《Vogue》的资料要看，这注定是一个不眠之夜。中间小憩的时候，我满脑子都是接下来的计划：下午的时候，等伊芙美发回来，我就应该立刻换上Michael Kors的裙子，戴上克兰奇项链。那时候距离面试只有几个小时了。我这一整天大概都会坐在电脑前强装镇定，然后偷偷地搜索和《Vogue》相关的各种资料。我靠在枕头上细细地回想着之前看过的所有资料，告诉自己："我一定行。"然而尽管当时的我考虑到了一切，包括换装的时间、记住《Vogue》杂志所有的作者等，但却唯独没有考虑过一个问题：我是不是真的想要这份工作？我当然想要这份工作，因为我"必须"这么做。所有在时尚行业工作的人都"必须"对《Vogue》的工作充满向往。从我高中时代第一次接触时尚这个行业开始，安娜·温图尔一直都是我追逐的目标。而成为《Vogue》的一员则让我离这个梦想更近了一步。可是正当我汲汲于进入《Vogue》杂志的时候，我忽略了工作本身的意义，也在这里迷失了自己。事后回想起来，我当时根本没有注意到这样几个事实：

1.在《Vogue》工作意味着我无法继续在时尚圈里嬉笑怒骂、畅所欲言了。时尚圈和媒体界是两个男权主导的世界，而幽默和戏谑则是我在这两个世界突围的方式。事实上，我那些皮里阳秋的语言并不是对现实生活的回避，更潜藏着女性在男权压迫下的不安。时尚和媒体的宣传让女性每时每刻都活在焦虑当中：我是不是很胖？我是不是很丑？我是不是没品位？可是我想要做的事情恰恰是向她们揭示时尚界荒谬和奇趣并存的真面目，而不是像《Vogue》的作家那样将女性们禁锢在一系列必须遵守的法则之中。

2.每次上班前的盛装打扮对我来说无疑是一种折磨。更何况，为了让自己在时尚行业中“永葆青春”，我甚至得考虑给自己打肉毒素。与此同时，我微薄的工资又怎么承受得起时尚大牌昂贵的价格？像迈克高仕和菲利普·克兰奇这样的品牌又不是零食薯片，可以说买就买。

3.我在*Cut*工作的时候，曾经对《Vogue》杂志和安娜·温图尔都颇有微词。可是一旦进入了《Vogue》，我必然会丧失指责的勇气和可能。一位经验丰富又智慧过人的老编辑曾经建议我当面问一问安娜·温图尔不惜大费周折地面试我的原因。我和《Vogue》的气质简直格格不入。毕竟安娜是那种即便在秀场上拍一件衣服，也要不惜大费周章地找六个员工仔细酝酿拍摄计划的人。而我则没有对时尚的敏锐感觉，一场时装秀结束了，在我的脑海中留不下任何痕迹。我那时候到底是出于什么原因，居然会将时尚作为自己严肃的志业？一叶障目，不见泰山。我遗落了自己投身时尚行业的初心：用幽默的文字唤起女性的自觉。长久以来，我习惯于站在边缘的位置上审视时尚的中心——《Vogue》就是时尚的中心，因此一旦我踏入其中，便丧失了批判的能力。

彼时的我一门心思地想要进入《Vogue》，为这个行业大唱颂歌——“赞！赏心悦目的华装！”“为优雅迷人的模特们再次点赞！”“明星们个个都光彩照人！”“安妮·莱博维茨（Annie Leibovitz）是一位划时代的设计师！”

于是，一本本杂志就这样诞生了：《希拉里·克林顿：无与伦比的天之骄子》。而这些杂志的内页里也充斥着各种不知所云的个人随笔：“我邻居的二十只鸟死了，这颠覆了我对鞋子的看法！”还有无数的明星模特穿着天价的服装成为了杂志的插图。这就是《Vogue》，它宛如一位优雅的贵妇，由内而外烙刻着安娜·温图尔的个人印记。我的个性注定了我与《Vogue》终究走不到一起。多年以后，有人再次建议我去《Vogue》工作，我说：“我怕我这颗老鼠屎坏了他们那锅粥。”她激烈地回应：“可那毕竟是时尚界的《圣经》啊！”

当然，每个时尚作家都“应该”以《Vogue》杂志为奋斗的目标。大家都尊奉它为时尚界的《圣经》，也承认安娜·温图尔无可匹敌的影响力。然而《Vogue》却并不适合我，因为我并不想把自己对时尚的理解强加给读者，更不想影响大众的审美选择。

面试当天，事情开始朝着最坏的情况发展：伊芙的美发时间比预期的要长，所以她迟迟没有出现。

约定的时间刚过了一分钟，我就开始疯狂地给她发信息：“伊芙你到底在哪儿？？？？！！！快回来给我换裙子！！！！！！！！！”毕竟她是我闺密圈里唯一有权限拿到那些衣服的人。

“迟到一会儿，我正在烫头发，马上回。”她这样回复。

尽管离之前计划的出发时间还有两个小时，我仍然如坐针毡，仿佛下一秒就是世界末日。我不停地想象着最坏的情况：穿着牛仔裤和T恤衫跑进康泰纳仕公司，在马克·霍尔盖特的办公室号啕大哭。他上下打量了我一下，接着忍不住和我一起抱头痛哭。故事的最后，他把我送回了家，让我好好反思今天到底做了什么“大逆不道”的事情。

那时候的我已经完全忘记了一个自己曾经无比清楚的道理：既然你已经拿到了面试资格，这就证明你的面试官希望你能获得这个职位。面试的时候只要铭记这一点，就能无往不利。可也许正因为我实在是太崇拜安娜·温图尔了，这个简单的道理居然被我轻易地遗忘了。

为了把自己的注意力从这些糟糕的幻想里摆脱出来，我开始把一些重要的东西从自己的破包里转移到另一只公文包里：手机、交通卡、现金、身份证、简历。既然罗素曾经把我的这只包扔到了厕所里，那么它也绝对不能在安娜·温图尔的眼前出现。

伊芙迟到了二十分钟，我着急地催促她：“快！我要换衣服！”与此同时，我还想尽力表现得正常一点，所以还顺带夸了一下她的新发型：“很漂亮的发型，居然这么直！”

她把我领进了试衣间，而我则不停地祈祷着：“但愿安娜会喜欢我的打扮！”

伊芙祝我好运，甚至用“圣水”抹了我的额头，还焚香祈祷了一番。之后我就向着我的梦想之地进发了。我在出租车上给自己“洗脑”：“穿着高跟鞋不要摔倒、不要紧张得呕吐、不要把衣服弄脏，你可以的！”万万没想到，面试地点居然这么近，愚蠢的我比约定时间早了二十五分钟！所幸附近还有一家GAP专卖店，我装模作样地走进店里消磨时间。虽然我很想坐下来平复一下紧张的心情，但是店里根本没有坐的地方。就这样，我居然在店里梦游般地晃了整整二十分钟！

到了康泰纳仕公司以后，一位人力资源部的女士接待了我。一路上，我极尽套路之能事，不断地向她表达对安妮·莱博维茨的欣赏，以体现自己的格调和品位。终于，我们来到了二十层，那里是《Vogue》的会客室。大堂里的装饰保持着乡村风格，一如我之前在网上看到的安娜·温图尔的长岛别墅。康泰纳仕旗下的杂志因为裁员，已经好长时间没有安排专门的接待人员了，所以大厅里没有人帮忙通报你要约见的人。整个休息室也因为没人打理，变成了一个没有窗户、四处摆放着软垫家具和旧抱枕的密室。房间的采光非常不好，所以盆栽要么已经枯萎了，要么就是些假的花花草草。正当我开始猜测安娜是不是可以勉强接受这种死气沉沉的装饰时，一些姑娘们从我面前走过，她们有的穿着性感的长裙，有的身着不对称的短裙，蹬着细长的高跟鞋，推着笨重的衣架在我面前来来往往。我当时心想，这简直太美了。但是如今回想起来，我反倒可怜起她们来——穿着那种高跟鞋实在是难为她们了。

在我等待的过程中，一个涉世未深的小姑娘正在应聘一个实习岗位，整个面试的过程都是公开的。即便我只是身为一个看客，而非那个被围观的应聘者，我也对这种面试形式深恶痛绝。这简直就像是游街示众，应聘者的一举一动都被无数的人投以审视的目光。莫非《Vogue》对我的面试也是这种形式?

面试官继续向小姑娘解释她应聘的工作将面对的一些日常事务和职责，小姑娘热情洋溢地介绍自己之前的相关工作经验，并表示自己将全力以赴，甚至不惜为此奉献一生。然而我这个混蛋脑子里想的却始终是："姑娘，你穿错衣服了。"既然《Vogue》是时尚品位的塑造者，那么除非你可以证明自己的品位和它保持一致，否则就绝对没有可能被录用。何况眼前这个小姑娘品位之差简直令人发指：她梳着乱糟糟的马尾辫，裙摆折叠的流苏还土里土气的。最搞笑的是，她居然还带了一个青色的塑料手提箱过来。鉴于之前罗素给我的血泪教训，我甚至连一个小小的皮包都不敢拿在手里带到这种场合里来，何况这么一个又大又丑的手提箱！姑娘，如果你非要带手提箱过来的话，牌子怎么也得是路易·威登，而且还得有一个实习生帮你提着啊！然而这个姑娘明显刚刚从外地来到大城市打拼，甚至有可能是为了这次面试特地赶来的"纽约北漂"。

面试官也注意到了她的箱子，问她是不是住在纽约。

"我这一两周就会搬过来啦！我正在寻找合适的公寓！"她那高兴的语调里藏着几分不谙世事的味道，毕竟在纽约找房子哪有她想的那么容易。一套设备齐全的单身公寓一个月租售三千美元，已经算是良心价了。即便这个小姑娘得到了这次实习的机会，她那微薄的薪水也没法承受纽约的高额生存成本。再退一步说，其实即便是康泰纳仕公司的正式员工，如果光靠手头那一点工资的话，也还是难以在纽约这个城市立足。这也就是为什么最终在杂志社里留下来的人要么是背靠大树的富二代，要么是同时打两份工的工作狂。更何况你平日里还需要大牌服饰傍身，毕竟这个地方塑造了时尚的品位，你总不能拖了公司的后腿吧。

不知怎的，我听完了这位姑娘的面试，心情渐渐地平复了下来。我回想起了自己在她这个年纪的时候初出茅庐，在媒体圈子里处处碰壁的情形，当时绝望地感觉自己连一份正经的实习工作都找不到，更别提工作了。可现如今，我却坐在康泰纳仕大楼的二十层，等待着《Vogue》杂志的面试。

· · ·

等这位开朗的姑娘面试结束后，马克·霍尔盖特出来接待了我。他是一个待人接物恰到好处的英伦绅士，也是圈子里少有的知识分子型时尚达人——他用一种严肃的态度对待时尚，从不感情用事。从我搜集的资料来看，他的身份远不止坐在秀场第一排的时尚权贵那么简单，他对待时尚的态度就像很多人研究绘画艺术和音乐一样。他想要从时尚的文本里解读出别样的东西，就像我们所受的教育要求我们在文学和绘画领域进行解读一样。这和流俗的时尚观念大相径庭，很多年轻人只是在微博和朋友圈里秀秀自己的名牌服饰而已。这些年轻人渴望被关注，但他们在网络上展示的美好生活并不可能在日复一日的平凡工作中发生。和马克一样，我也讨厌朋友圈里肤浅的“卖弄虚荣”型时尚，所以理论上来说，我和他应该是一类人。

作为《Vogue》杂志的核心人物，马克当然会收到大牌“进贡”的鞋子。就在他把我领进办公室的时候，我一眼瞥见了一双克里斯提·鲁布托（Christian Louboutin）的鞋子。它在角落里闪闪发光，表面布满了钉状的装饰，但马克却对它视而不见。

“那双鞋是克里斯提·鲁布托送我的。”他用一种波澜不惊的口吻对我解释道，“然而我实在是不知道什么场合才能用得上它。”

那一瞬间，我觉得去Bloomingdale百货公司买鞋真的买对了，不然的话我可能真的会从衣柜里挑一双同样风格的鞋子就来了。而如果马克和我在鞋子的品位上能够达成一致的话，这也许正说明我真的适合在《Vogue》工作！事实上，鉴于我直到现在还在穿那种表面布满装饰的高跟鞋，《Vogue》和我似乎是真的“八字不合”。

一个电话打断了我们的闲聊。安娜（也许是她的助手）恰到好处地比约定时间提前了五到七分钟给马克打电话。他不断地向电话那头的人确认安娜是不是现在就想见我：“安娜现在就想见她吗？你能帮忙再确认一遍吗？”他挂断了电话，让那头确认过后再打过来。还没等我们接着说完一句话，电话铃声再次响起。几番交涉以后，马克让我马上就去见安娜。我一听，立刻就慌了神：居然就是现在？！

一路上，我不停地提醒自己千万别在安娜面前紧张得呕吐。我感觉自己就像一个网球，马克一个高抛，把我打向了安娜的两名助手（也许在见到安娜以前，我还要经历九九八十一难，通过各种关卡）。安娜的助理貌美如花，身材高挑。为了能在我进入安娜办公室的时候好好地介绍我，她反复确认了我的名字，那紧张的模样简直就像是第一次参加工作的实习生。当时头昏脑涨的我早已记不清她是怎么介绍的了，一阵惊恐的晕眩向我袭来，一切都是那么真实，却又那么难以置信——我仿佛置身那些描述安娜·温图尔的纪录片里，曾经我以为遥不可及的东西居然就近在眼前。而如果此时此刻你正要参加面试，那反而是一场噩梦，因为你先前以为不可能发生的悲剧传说和八卦，即将发生在你自己的身上。

我曾经幻想过在《Vogue》工作的种种好处，但却从来没有考虑过安娜·温图尔那样令人敬畏的时尚教皇一旦成为自己的顶头上司，会有什么样的后果。这就像拥有一套Chanle的时装，有人为它的精致所折服，也有人因它的奢靡而避退。伴君如伴虎。

两个助理的工作点被安排在通向安娜办公室的走廊两侧，那场景简直和《穿普拉达的女魔头》里一模一样。这条走廊怎么也走不到头，再次印证了我之前听到的传闻：安娜会在这个过程中暗自观察你的着装，给你带来强烈的压迫感。这栋大楼里所有的房间都无比晦暗，只有安娜的这间办公室灯火通明，令人目眩。办公桌对面摆着两张银色的椅子，房门的左侧有一张沙发——《Vogue》的许多纪录片（如《九月刊》）早就把这一切公之于众了。然而安娜办公室的天花板却比我想象中的要低，这无形中又增加了一重压迫感，让我在办公室里坐得浑身不自在——她就是不想让你好过。

安娜的办公桌远离窗户，纽约时代广场和市中心十字路口的灯光昼夜不停地映射进来，这对眼睛可不好。难怪安娜每天都得戴着墨镜。然而书桌背对着窗户也就意味着坐在另一头的我，一会儿就得直视这些光束了。

我最终如愿见到了安娜，她身着一袭价格不菲的蓝色长裙，在桌子的那头站起身来和我握手，而我的简历正静静地躺在安娜的桌上。我当时脑子里一片空白，没想到安娜不仅仅是知道有我这么个人存在，还看过我的简历！这简直就是天方夜谭！

安娜就这样倾着身子，笑着对我伸出了手。

她说：“很高兴见到你！”

我强装镇定：“非常感谢您百忙之中抽出时间来给我面试。”

我必须集中全部精力应付安娜的提问，试着揣测她内心的真实想法。结果在一半的时间里，我都忍不住想要给愚蠢的自己几个耳光；而剩下那一半的时间里，我又实在是忍不住想扇安娜几个耳光。

“所以你就是在*Cut*里面负责写我的花边新闻的家伙吧？”安娜半开玩

笑地说。事情从这里开始急转直下。

我尴尬地苦笑着。

她接着问了一些面试的常规问题，又大概了解了一下我之前的工作情况。我则向她好好描述了一番，无非是一些办公室的日常事务，还有博客的打理。

她不停地发问：“你之前有参加过一些外出采访的活动吗？”

我解释道：“管理博客这个工作决定了我大部分时间只能在办公室里度过——尽管很遗憾，但我实在是没有什么外出的自由。”

“我喜欢让手下的员工多出去走走看看。”她说。这里面就包括了一些大型的时尚活动，或者一些秀场的后台，这对于我这样的网络媒体记者来说根本不现实。

我赶紧回答说：“如果有机会参加这些活动的话我一定会好好珍惜的，但是现在，我的工作不允许我这样做。”

从某种意义上说，安娜的确像我的“线人”所说的那样害羞。她常常有意识地避开我的目光，低头盯着桌上的简历。其实我也是这样，我在面试时的表现往往和现实生活中的我判若两人，唯一不变的只有我心底里那种实事求是的态度。我是一个把什么话都写在脸上的人，而且也不知道怎么撒谎，所以我从不会在面试的时候摆出另一副面孔。因而尽管之前有人让我别在安娜面前对网球不懂装懂，但是这种警告对我来说根本就是多此一举。

安娜继续发问：“你周末一般干些什么？”

还好我早有准备。

“我男朋友在哈佛商学院读研究生，所以我一般都会去波士顿陪他过周末。当然，因为工作实在太多，有些时候我周末也会加班。除此之外，我还喜欢跑步，基本上每天都要跑五英里。”我在回答的时候还“心机”地强调了“哈佛商学院”，希望能给自己加点分。

安娜不置可否，淡淡地说：“不错。”由于事先知道安娜热衷体育，所以我觉得这部分应该再强调一下。

于是我接着说：“谢谢您！我喜欢跑步，所以每周末我都会延长一点跑步时间，大概要跑六到十英里。不仅如此，我周末还会拜访一些朋友。”

可是安娜仍旧是那副无动于衷的神情。

“去不去博物馆？”她接着问道。

我赶忙回答：“去！我经常去那里看展览！”当时我的内心是崩溃的：“博物馆？什么情况？”

她继续追问：“那你最近看了什么展览？”

“嗯……”

博物馆。我真的喜欢去博物馆吗？我喜欢欣赏名画，也对一些刻有拉丁文的古代家具和雕塑很感兴趣，甚至很享受置身古代建筑的感觉，这都不假。但是我不会找一个周末特地去博物馆参观展览，除非当时我正带着一大家子人，而且不知道怎么打发时间。所以我并不是什么高雅之士，去博物馆参观其实并不是我生活的一部分，谁没事老往那儿跑啊？

我觉得安娜似乎想听到这样的答案：“我喜欢最近现代艺术博物馆（MoMA）的×××（展览名）”，或者“我学了六年拉丁语，所以我很喜欢大都会博物馆（Met）的古罗马展品”。而且事实上，我真的学了六年拉丁语，这也是我的一个加分项啊！

然而耿直的我还是选择聊一些时尚类的东西。

“我的确去了一些展览，比如时装学院的展览（Costume Institute

exhibit）。我还了解到《Vogue》最近也要办一场展览，我很感兴趣。”幸运的是，我之前对这个话题早有准备，还搜集了一些和《Vogue》有关的展览信息。安娜似乎对我的回答比较满意，她对我点点头，就像早就知道了我对这一分志在必得。

“那么你的目标是什么？”她问道。

“比如……职业目标？”

“嗯。”

“我有三个目标：第一，写一本书；第二，编一本自己的线上杂志；第三，在《Vogue》杂志上看到我自己的名字。”

安娜笑了，笑声里带有一丝高贵和不屑的神情，好像预示着我的努力只是一番徒劳。我试着让自己相信，面试官之所以会给你面试，是因为他/她想聘用你。然而当我说出自己想留在《Vogue》时，我在安娜的笑声里感受不到这一点。也许在她眼里，我就像是一个正在做白日梦的小女孩。

她又向我抛出了一个问题：“你对时尚史了解吗？”

也许是因为害怕安娜继续追问，我说出了一个令我后悔至今的答案：“并不了解，但是我正在努力学习。”

“但是你有没有时尚的历史意识？是不是知道哪些设计师？对时尚史有没有自己的框架？”

“当然，当然。”我一知半解地说。

接着，她提了最后一个问题：“你有没有什么想问我的？”

这个必须有。然而我不能随心所欲地问一些奇怪的问题，比如“你是不是喜欢猫？”这种。不过当时我还真有一个问题想要问她：我和《Vogue》的风格明明那么格格不入——我以嬉笑怒骂和尖酸刻薄闻名，对《Vogue》

的很多报道都持怀疑的态度，但为什么《Vogue》还要邀请我参加这个面试呢？所以我脱口而出，说道：

“我是一个时尚圈里的娱乐写手，个人风格又太强，我想知道您为什么认为我有机会成为《Vogue》杂志的主笔？”

安娜回应说：“我们在《Vogue》为时尚而欢呼，这与你的个人风格和幽默并不冲突。我们欢迎好的作者在这里发出强有力的声音。”她的意思无非是说，在《Vogue》杂志里并没有像我一样的怀疑论者存在。而我则是一个在一切事上都会疑神疑鬼的人，每次坐到椅子上以前我总要检查一下那里有没有口香糖，每次在秀场上看到模特身上的衣服时我总在想这会不会是设计师在故弄玄虚：“设计师是不是故意在戏耍我们？我就知道会是这样。”

之后，安娜告诉我这次面试正式结束：“感谢你的到来。因为晚上有莎莉·辛格（Sally Siner）的告别派对，所以我们的面试只能到这儿了。”（莎莉·辛格那个时候刚刚从《Vogue》跳槽到《纽约时报》，但是不久之后她又回到了《Vogue》。所以被安娜·温图尔偏爱的人果然可以有恃无恐）

我事先就知道这次面试的时间肯定长不了。我大概只在那儿坐了不到十分钟。办公室的门关得并不严实，我知道外头的助理们听了我的回答以后一定都在笑话我。我谢过安娜以后站起身来，她也走过来跟我握手。这时候，安娜从头到脚好好打量了我一番，好像在说：这个什么也不知道的呆子今天至少没有穿错衣服。我并不清楚安娜的心理活动，但是当我回到《纽约》杂志的时候，我的同事们都被我惊艳到了。

安娜的助理把我领回了马克·霍尔盖特的办公室。我坐定以后，他开始询问有关面试的情况。在他的面前，我莫名地感觉很安心：“我猜还不错，面试时间也很短。”

他对我说：“安娜做事一向那么雷厉风行。”可是正当他要继续面试我的时候，电话再一次响起。他对我说了声抱歉以后就急忙跑了出去，明显是去安娜那里讨论我的事情。我当时又惊又喜，安娜·温图尔居然和我的人生有了交集！

他回来以后又问了我一些问题，比如最喜欢的设计师是谁？我随口报了几个《Vogue》力捧的品牌——韦娜·卡瓦（Vena Cava）和瑞克·欧文斯（Rick Owens）。

他接着追问我喜欢这两个品牌的原因。我煞有介事地说：“Vena Cava最近的那场时装秀让我记忆犹新，他用安全别针做出了一系列有趣的设计。”仿佛我自己曾经穿过他们设计的衣服似的。然而这真是一个糟糕答案。

“除了你曾经穿过他们设计的衣服以外，你还喜欢他们什么？”

我的天，我真的不知道该怎么回答了。我从来没有从这个角度思考过服饰——我对服饰的理解更多是从工业的角度，了解服饰的加工制作等内容，很少思考服饰本身究竟向我们传达了什么东西。所以我再一次搞砸了这个问题。

之后，马克似乎是和安娜商量好了一样，又特意提起了博物馆的事情，我把当初回答安娜的话原封不动地说了一遍——我当时真的是蠢到家了。

“你最后一次看的展览是什么？”他问道。

我想我当时应该说了一些和时尚有关的东西，因为他之后又让我列举了一些和时尚无关的东西。我绞尽脑汁也想不出来，所以只好说出了一个让我羞愧至今的答案：“我不记得了。”

完蛋。

马克面试完了以后，我辗转到了另外一个编辑那里。冷若冰霜的她又问了我一些刁钻的问题，而我则始终无言以对。于是她对我的态度也变得越发冰冷了。

整个面试一共花了两个多小时。一切都结束的时候，我心头的一块大石头也落了地。我觉得这次经历本身对我来说就是一种磨炼和财富，重要的似乎不是最后获得那份工作，而是你在这其中奋斗过，努力过。

几天后的清晨6:50，康泰纳仕公司的人力资源部给我发来一封拒绝的邮件，并表示我并不能胜任那份工作。他们是对的。我既不是一个经验丰富的专业作家，又不是一个独具慧眼的日常时尚达人。尽管我确信，如果他们雇用我的话，我一定能够很好地完成所有的任务，但巨大的压力会让我喘不过气来，我将在苦海中无助地挣扎。

· · ·

那些不堪回首的经历，总有一天你可以笑着说出来。那段面试的故事如今仍然给我带来无穷的乐趣，我遇见了我的偶像，也从此认清了自己的职业方向。更何况我曾经和这些世界上最好的编辑们面对面地交流过，了解过他们聚光灯以外的生活。除此之外，我还可以按照自己的心意，想什么时候去博物馆就什么时候去，而不是跟在安娜·温图尔的身后亦步亦趋。更何况，所谓“塞翁失马，焉知非福”，没有在《服饰与美容》谋得职位的我后来去了*Cosmopolitan*网站。我非常享受这份工作，我可以继续穿着我的T恤衫，在那里嬉笑怒骂，针砭时弊。

Models

Adventures at the Victoria's Secret fashion show

模特

“维多利亚的秘密”内衣秀的
那些事儿

Tales from the back row:
an outsider's view from inside the fashion industry

一年到头，我的邮件只是一堆让人敬而远之的废纸。不过有一天例外——金色的“维密”入场券在那天静静地躺在我的办公桌上，引得众人艳羡。

“维密”是独立于时装周之外的又一时尚活动，它的邀请函显得非常与众不同。坚硬的长方形金属造型外加烤漆，显得无比酷炫。

我还记得自己第一次被邀请参加“维密秀”，就迫不及待地向好友贾斯汀（Justin）炫耀。

我当时给他递了一张小纸条，写着：“我拿到了‘维密’的入场券！”

他“义愤填膺”地回复：“我恨你！快带上我。”

“这个不行，一张票只能进一个人……你说我是不是今天开始就该减肥了？”

“你应该现在就滚去厕所把早餐吐了。”

……

“说笑呢，别当真。”

和时装秀一样，“维密”的邀请函就是身份地位的象征，因此被邀请者也有了向亲朋好友们吹嘘的资本：

“我遇见了Jay-Z，以前只有在他开演唱会的时候才能远远地看几眼，没想到这回他就活生生地出现在我的面前。”

“算了，我还是不吃晚饭了，毕竟姐姐我是要去参加‘维密’的人了。”

时尚圈里从来都有“我们”和“他们”的区别，“我们”排外的炫耀里自然藏着高人一等的得意——尽管我非常想让贾斯汀陪我去。毕竟我俩“臭味相投”，可以在秀场上一起谈天说地，吐槽模特的奇葩穿着。说起来，我也是在做了好几年时尚博主以后才够格参加这场“盛宴”的。之前有一年，一位主编把她的邀请函随手送给了我。当时的我涉世未深，一阵狂喜之后才发现邀请函上那一行加粗的大字“不得转让”，下面还有好些注意事项。拿着自己上司的邀请函试图浑水摸鱼的助理们一定都会被层层安检无情地揪出来。

“维多利亚的秘密”时装秀并不是一个真正意义上的时装秀，它时尚华丽的外表下掩藏着商业的狂欢。“维密”其实和假期里的很多商业活动没什么两样，它只不过把搔首弄姿的模特们搬上了舞台。“维密”时装秀一般都会在感恩节前录制完，但是大约一个月以后才会在电视上播出。在这段时间里，记者们可有得忙了——主办方会不断给他们放出节目台前幕后的种种花絮，比如各种华丽奇异的服装，甚至还有模特们的瘦身方法。不仅如此，很多媒体还会自己挖掘相关的素材和话题，例如2010年，亚洲模特第一次登上了“维密”的舞台。这是一次颠覆性的事件，但可惜的是，所有人都在看到亚洲模特的猎奇心态里放弃了深思。的确，亚洲模特的“异域风情”是很新奇，然而更值得思考的问题却是：为什么亚洲模特过了这么久才第一次登上“维密”的舞台？

这某种程度上反映了商业品牌力图塑造的一种意识形态：什么是美？苗条、健壮、高挑和白皙。商业的力量拉开了高端时装秀和芸芸众生之间的距离，让模特们万中无一的身材成为无数人效仿的对象。一些国家甚至颁布法令规定了模特的体质指数（BMI）。商家们让模特穿上性感的内衣，把她们打造成男性的“梦中情人”，并用这种噱头为自己牟利。成千上万的观众一叶障目，没有看清“维密秀”的本质：和另外的时装秀相比，它只不过看起来更加“接地气”，而且所有的服装也似乎不那么奇怪。也正因如此，“维密”得以借着商业的东风席卷全球。

所有人都纷纷效仿模特们的节食和健身方式，妄想着有朝一日能够练就她们那样的“魔鬼身材”。

这场风靡全球的时装秀只不过是一个无数媒体的废纸垃圾制造出来的无底洞。坦白说，能够亲临现场欣赏到模特们精致的服饰和身材，看着超级巨星们在你身边走来走去，的确能让人乐在其中。然而在这些肤浅的浮华之下，停驻和思索也是必不可少的。一旦你身在其中，被时尚的旋涡裹挟着，便丧失了批判和思索的能力。于是你只能用沉默来维护自己既得的地位和荣耀——被邀请参加“维密秀”。特权让许多人变得盲目，在他们狂热的吹捧和迎合里，“好身材”的标准越来越严苛而残酷。

· · ·

“维密秀”兴起于20世纪90年代，并在2001年开始风靡全球。按《好莱坞记者报》（*Hollywood Reporter*）的说法，美国广播公司（ABC）首次把“维密秀”搬上电视荧屏，收视率就一路飙升，女模们的内衣秀吸引了亿万观众的目光！最初的“维密秀”里，模特们穿的都是普通的内衣，T台上还没有出现标新立异的奇葩。时尚达人资讯网（*Fashionista.com*）就曾经报道过，1995年“维密秀”的总花费居然还不到十二万美元。

1999年，“维密秀”的模特们第一次穿上了道具翅膀，可是比起后来出现的各种夸张装饰，实在是小巫见大巫。由于越来越多的模特被明星挤下时尚的舞台，“维密秀”也因此迎来了全新的时代。模特的名气毕竟不能和明星同日而语，所以想要博人眼球，“维密秀”就只能走上设计奇装异服的不归路。换言之，如果没有像娜奥米·坎贝尔(Naomi Campbell)这样家喻户晓的名模，衣服本身就必须成为“维密秀”的看点和卖点。随后，品牌商们也开始了自己的“造星运动”，他们用“维密天使”的噱头制造人气，并最终将其打造为时尚界内独一无二的品牌。

从前，“维密秀”大概会在每年的二月举办，但之后为了品牌营销的需要，改为每年十一月举办，十二月录播。“维密秀”也因此变成了一种促销的精致手段。一位分析师曾经在《彭博商业周刊》（*Bloomberg Businessweek*）上透露，尽管2012年“维密秀”的花费高达一千二百万美元，但是它却能完全自负盈亏。这一千二百万美元里还并不包括梦幻文胸秀（*fantasy bra getup*）环节，而这一环节在2013年耗资千万美元。根据*Buzz Feed*的报道，2010年“维密秀”直播后的第一天，其品牌连锁店的直接交易额就达到了每日的最高值，为其年销售创收六十六亿美元。2014年，“维多利亚的秘密”被舆观调查网（*YouGov*）评为年度最受欢迎的品牌。

品牌商无比高明地隐身于幕后，将一场圣诞节期间的商业促销活动包装成一个所有媒体都津津乐道的美丽童话。籍籍无名的性感模特们经过精挑细选，穿上了造价高昂的奇装异服，成为了童话里的主人公。

于是“维密”模特成为了媒体关注的焦点。有关模特们的故事也总是大同小异：她们出生了，然后完美地生活。接着她们有了孩子，继续完美地生活。产后第二天，泳装公司就开始找上门来，花钱帮她们减脂，让她们在随后的广告活动中继续光彩照人。对了，说到生孩子这件事，模特们一般会选择用水浴的方式无痛生产。媒体的报道里还常常出现这样的对话：“你能保持优雅健康的幸福生活，有什么秘诀？”“我每周都会做一次瑜伽，也会回到我出生的海边小镇上和海豚宝宝一起游泳，镇子上还有我父母经营的养鸡场（她微微一笑，模样倾城）。”她们的生活看起来平凡而神秘，可望而不可即。

我仍然记得当年看“维密”名册的情形，那个时候我还只是一个中学生，网络还没有兴起，纸媒正大行其道，向服装公司订购衣服还得靠电话联系。年少的我读着媒体的这些报道，觉得模特们简直美若天仙，我想成为她们那样的女人，一步步走向人生巅峰。

我是亚历山大·安布罗休（Alessandra Ambrosio）的“脑残粉”。她的走秀作品非常多，但却并不是媒体追捧的焦点。当时的媒体宠儿是吉赛尔·邦辰（Gisele），大概是因为她那时的男朋友莱昂纳多（Leonardo DiCaprio）凭借电影《泰坦尼克号》（*Titanic*）风头正劲，而且她结实的腹肌也着实迷倒了一大片的粉丝。

话说回来，当时几乎所有的走秀里都可以看到亚历山大的身影，“维密”的模特们也从那时起成为了所有美国姑娘梦寐以求的人生模板：拥有麦色的健康肤，漂亮的衣服随便穿，天生一副性感的魔鬼身材，要胸有胸，要腿有腿。

如今的我可以和模特们面对面地对话交流，现实生活中的她们甚至比照片里还要令人惊叹。这些模特的身材一个个都异于常人：她们身高腿长，瘦削纤细，却依旧前凸后翘，身姿傲人。不仅如此，模特们的皮肤和五官也和照片上的大不相同。有些模特其实并不像精心修饰的大片里那样完美无瑕；而有些人则是天生丽质，小麦色的肌肤比起照片里来也不遑多让。模特们还有一个特点，她们的眉毛通常看起来比普通人要浓密，这就好像一个与芸芸大众区别开来的标志，彰显着她们的与众不同。可以这样说，现实生活中的她们比照片里明艳百倍。相机记录不下真正的美丽，它只能留下一堆丑陋的影像。这也是如今美颜相机盛行的一个原因。

通常，每次为“维密秀”开场的模特都有穿“梦幻文胸”的特权。而所谓的“梦幻文胸”就是那种表面镶满钻石，造型繁复的内衣。维多利亚的秘密每年都会推出一款新的“梦幻文胸”，而那个有权穿上它的模特则注定会成为媒体和众人追捧的焦点。近些年来，这个地位特殊的“维密天使”通常都是“妈妈级”的模特。名单如下：

2012年：亚历山大·安布罗休。儿子诺亚（Noah）六个月。

2011年：米兰达·可儿（Miranda Kerr）。儿子菲林（Flynn）八个月。

2010年：阿德里亚娜·利马（Adriana Lima）。大女儿瓦伦蒂娜（Valentina）一周岁。

（她也负责2012年的开场秀，不过没有穿钻石文胸。那一次，她的第二个孩子才七个星期大）

我不知道是不是因为女性产后的身姿格外绰约，所以“维密”方面有意为之；还是只因为“维密”偏爱的模特们都碰巧在这个时候有了孩子。不过无论原因如何，产后复出的“妈妈级”模特们都为这场时尚大秀提供了又一个噱头：“她们的身材怎么能在产后恢复得如此迅速？”这种好奇的情绪会像病毒一样蔓延开来。

2011年的“维密秀”开始之前，阿德里亚娜曾经向《电讯报》（*Telegraph*）的记者透露她产后复出的过程：每天锻炼两次，坚持三个月就恢复了体型。在“维密秀”正式开始前九天只吃流食（liquid diet），并且在正式开场前的十二个小时里滴水不沾。她的言论一出，美国公众一片哗然。从前模特们宣称自己从不节食，只要偶尔做做瑜伽就可以达到瘦身的效果，这种轻描淡写而又近乎不劳而获的方法其实只是一个神话。我们之所以在听到真话的时候还会倍感惊愕，只不过是因为曾经有太多明星把拥有模特般的身材说成一件轻而易举的事情（当然自从有了修图软件，一切皆有可能）。但这也是最让我困惑的地方，为什么这么多明星模特们不愿意承认瘦身的艰辛？为了保持完美的身材，你需要一个营养师、一个教练，也需要时间、金钱，而且每顿饭的主食只有海带沙拉。再试想一下，如果她们把这个秘密泄露出去会怎样？我们所有人都会拥有她们那样的身材？当然不是——大多数的美国人每天只是坐在办公桌前，不喜欢去健身房，也绝对不会把钱浪费在十二美元一杯的绿色果汁上，何况那玩意儿还无比难喝。

当品牌方面公布“梦幻文胸”的模特人选之后，好戏正式开场。

· · ·

2010年，我以*Cut*杂志撰稿人的身份受邀参加了“维密秀”之前的预热。尽管所有圈内的记者都或多或少地会为博客撰稿，但像我这样的“博主”却仍然在圈内被视为异类。出于扩大市场的需要，时尚界好不容易才明白网络的重要性，却仍然没能找到和我们的相处之道。

为博主们举办的活动只是很多时尚公司常办活动的一部分，这些活动一般与其他盛事同时举行，而身为一个小小的“博主”，我们总是低人一等，无缘盛事。某个时尚杂志的主编一般会被邀请去“维密秀”的现场，并且参加“维密秀”的庆功晚会；而我们“博主”则只可能被邀请观看“维密秀”的录播，参加节目播出之后的小派对。这种派对的地点一般都是环境还算不错的酒吧，主办方也会“贴心地”为我们准备一些少得可怜的甜点——时尚圈底层的待遇就是这样。受邀参加活动的博主和时尚界的重要人士之间的不同之处大概就是，博主们更容易被免费的食物收买。换言之，那些不邀请博主的时尚盛事本身就已经令人神往了，主办方根本不需要用食物来笼络人心。更何况，那些受邀参加盛事的精英们根本就不会为美食所动，他们一个个都是一副不食人间烟火的样子——至少据我所知，别看时尚圈里最举足轻重的几位大咖平日里宣称自己是个吃货，但实际上也只是说说而已，他们才不愿意让自己的身材走样呢。

我曾想过把我们这群默默无名的博主组织起来，找一个密室忏悔自己的罪恶：“我身为一个时尚博主，居然还不顾形象地胡吃海喝”。接着大家低头一看，满地都是蛋黄酱和鸡肉三明治的包装袋，所有人都浑然忘却了自己身处时尚圈，更忘记了所有“圈内人”都很瘦的事实——真是讽刺。

所以在2010年“维密秀”开始之前，我和一众博主被邀请去一家高级意大利餐厅参加一个预热活动。这次活动的主要目的就是公布今年“维密秀”那件造价百万的内衣。在几周后的“维密秀”上，它的主人就是刚刚升级为妈妈的名模阿德里亚娜·利马。届时，她也会出现在活动上，花一整顿饭的时间告诉我们有关这件内衣的一切。可是，我们对一件小小的内衣真的有那么多疑惑？

我和我的同事戴安娜一起赴宴。在正式入场前，我们得和主办方签订一份协议，这种事情并不算是家常便饭。从协议的条款看，如果我们在之后的抽奖活动里获奖了，我们必须把自己在活动中获奖，以及奖品的价格写进自己的博客。这听起来好像有点道理，就好像美国通信委员会（FCC）要求所有的博主，要在自己的博客里告诉大家自己收到了哪些免费的礼物一样。这份协议还有一些其他的条款，规定了我们在博客里能说什么，不能说什么。我对此大为光火，我们不就是过来看看钻石内衣，然后顺便和模特吃个饭而已，你凭什么限制我的言论自由？然而我的抗议被完全无视了，最后只能灰溜溜地签了协议上楼，毕竟我还有采访的工作要完成。

楼上，派对早已开始，大家觥筹交错，金杯银盏晃得人睁不开眼。那件传说中的宝石内衣就静静地陈列在舞台上，光芒四射。我和戴安娜一边忙着往嘴里塞东西吃，一边不情愿地和身边的同行礼貌地寒暄。酒足饭饱之后，我俩才终于想起正事儿：“所以，去看看那件内衣吧？”

我们凑上前去仔细端详。说实话，我并不认为这玩意儿值一百万，它没有我想象中的那么光彩夺目。更何况，谁会把一件七位数的钻石胸衣随便放在这个地方？我们只是一群没见过大世面的博主——我们的第一要务可是填饱自己的肚子。万一我们把三明治的酱汁滴到这件展品上面怎么办？

“所以，这就是那件内衣。”戴安娜聚精会神地盯着眼前这件价值连城的胸衣，可是根本看不出个所以然来。

酒会结束以后，我们被领进了主餐厅，里面的餐桌上依次摆放着大家的名牌。阿德里亚娜·利马的位置在正中间，两侧的记者按时尚界的地位高低依次排开，地位越高就离她越近。我庆幸地发现自己离阿德里亚娜还有些距离——尽管我很享受和名模共进午餐的体验，也很喜欢偷偷地观察她们吃饭的样子，但终究还是想和她们保持一点适当的距离。这不光是因为之前和理查一起吃饭的那段不堪回首的往事，更重要的是，我和阿德里亚娜非亲非故，不过都是主办方花钱请来帮忙宣传活动的，坐得再近也不能改变心理疏远的事实，所以这种虚假的接近反而会让人坐立难安。

大家刚一落座，阿德里亚娜就翩然走进了餐厅。她和在场的所有人一一握手，不厌其烦地一次次自我介绍，好像真的在和朋友们打招呼。她美得让人妒忌，却又偏偏彬彬有礼，“纡尊降贵”的结交让人心生好感——毕竟不是所有明星都愿意和记者平等交流的。在这种场合里，记者通常都是抓狂的一方，他们会绞尽脑汁地接近明星，试着收集可用的素材。而明星则只是简单地出场为品牌站台背书，然后“事了拂衣去，深藏功与名”。所以采访明星的过程其实和养猫挺像的：“铲屎官”们费尽心机地想要讨好猫咪，可是小猫却依旧我行我素。记者们心力交瘁，而明星们却傲娇任性。

阿德里亚娜坐下之后，“维密”品牌的宣传人员就开始组织大家讨论此次发布的内衣（此时它已经被神不知鬼不觉地从外边搬运进场了）。阿德里亚娜则开始背书，说一些类似“内衣很舒适”“感觉自己穿起来很性感”的套话。这时候，我的一个博主同行已经有些微醺了。被“维密”的免费酒水收买的她不假思索地提问：“你对女同胞们选内衣有什么建议？‘维密秀’马上就要到了，你紧张吗？”这就很尴尬了。事实上，记者们受制于品牌的资本和影响力，往往会避重就轻地问一些无关紧要的问题。这就导致了很多摆在台面上的报道经常会显得很无趣。所以一个好的记者应该学会炒热气氛，并且不失时宜地问一些大家真正感兴趣的问题，而上面那位大姐的两个问题显然不在其中。

点菜的时候，阿德里亚娜终于开始收敛起自己超然物外的神情，她对着服务生一阵耳语，轻声说出了自己的菜单。不出所料，她的特制午餐是最后才上的。所有的人都尽量克制自己的好奇，装出一副漠不关心的样子，而我则试着偷偷地发现一些有趣的细节。

过去三年，“维密秀”的一些顶级模特都因为怀孕生子而退隐了。与此同时，怀孕六个月的米兰达·可儿却出现在了顶级品牌巴黎世家的时装秀上。“维密秀”的舞台上以后会不会也出现一位怀有身孕的模特?

“哈哈哈，不会的。”阿德里亚娜一边切着盘子里的鸡胸肉，一边笑着说。只见她剥开鸡胸肉的皮，连同胡萝卜一起放在一边。阿德里亚娜一年前就正式“晋升”为妈妈了，这次的“维密”开场秀也是她复出后的第一次走秀。

我非常好奇，她究竟是怎么在“维密秀”正式开始之前那么短的时间里，让自己的身材恢复到产前的巅峰状态的。午餐席间，“维密”方面的一个代表安排我对阿德里亚娜进行一次采访。采访不在餐桌上进行，她把我领到了房间一隅的一处沙发上，远离嘈杂的饭局。周围的记者都向我投来嫉妒的目光。这大概也是阿德里亚娜的待人接物之道吧。大多数的明星都会享受记者们卑躬屈膝的姿态，他们才不管记者是不是跪着采访，也不会在意记者的姿势是不是舒服，恰恰相反，他们乐于在记者卑微的体态里满足自己的虚荣心。

阿德里亚娜光彩照人，举手投足之间还颇有几分娇羞。一开始的谈话，她只是在为“维密”的宣传背书，滔滔不绝地说了些事先准备好的通稿：“今年他们选择了这件魔力文胸，穿上它可以提升整整两个罩杯”“它专门考虑了女性的需要，穿起来非常舒适”“我喜欢这种魔力文胸，设计师们还在上面纯手工镶嵌了很多珠宝和钻石，它穿起来真的、真的很舒服。”

我渐渐把话题引到节食和身材的问题上。我非常期待她的答案，毕竟这是一个以瘦为美的世界（这次采访比阿德里亚娜在《电讯报》的爆料早了整整一年）。“幸亏”进门之前签了保密协定，阿德里亚娜这次居然在我面前畅所欲言。她说她每天大概要健身两个小时，每次吃饭只摄入4盎司的蛋白质，外加一些蔬菜。所有的食物都是清蒸或者炙烤而成，菜单里绝对不含碳水化合物，也绝对没有油炸食品。两次正餐之间，她还会吃一些蛋白奶昔或者谷物棒。

当我在笔记本上写下“少量碳水化合物”的时候，阿德里亚娜还特地纠正我说：“一丁点儿碳水化合物都不能摄入。”

我不禁问道：“每天吃这样的东西究竟是怎样的体验？”

“其实还不错，我感觉自己更加健康，也更加有活力，就是这样！”

“我绝对做不到。一点儿碳水化合物都不吃的话，我很容易就累瘫了。”

她耐心地解释道：“每个人的体质都不一样。我有我自己的营养师，他们对我进行了全方位的检查，才最后制订出这样的食谱。对我来说，我一碰巧克力和牛奶就会发胖，有时候摄入一点点碳水化合物都会让我立刻胖起来，我就是这样的体质。”

同志们，这也就是我们凡人和“维密天使”之间的差别（当然，阿德里亚娜理解的胖和我们眼里的胖也是不一样的）。

我们永远无法拥有“维密”模特那种身材的另一个原因就是，我没那个闲钱去专门请营养师和训练师为我专门打造瘦身方案。“维密”愿意花大代价做这个事情，因为阿德里亚娜这样一位产后妈妈在几周之内恢复产前的身材，这是“维密”的一大卖点。她看起来越是轻松愉快，那么品牌对于普罗大众的吸引力也就越大。

阿德里亚娜向我坦言，产后想要恢复身材真是一项巨大的挑战。但是每每谈及初为人母的感受时，阿德里亚娜的焦虑却又一扫而空：“成为母亲是一件美妙的事。我觉得自己在有了孩子以后变得更加美丽性感，也更加自信从容。从那一刻起，我觉得我真正地从一个孩子蜕变为一个完整的女人。我无法言说成为母亲的奇妙感受——孕育一个生命！那一瞬间我觉得自己就是一个真正的女神，我居然孕育了一个生命！事情就是如此简单，但是很多时候你会忘却这种感受。”所以一切都明朗了：世界级名模阿德里亚娜在生育的那一瞬间才觉得自己是一个真正的女神，这种感觉并不源于日复一日的节食健身，更不是在舞台上穿着钻石文胸，看似光鲜亮丽的时刻。十分钟后，“维密”的公关人员过来打断了谈话。

我为阿德里亚娜的直率所折服，她身为一个三十岁的产后妈妈，对自己恢复身材所需要付出的艰辛毫不讳言。而在得知了这一切之后，我觉得我这辈子也不可能拥有她们那样的“魔鬼身材”了。每天去两次健身房，而且三小时以内不能吃任何固体食物，这简直是一种酷刑——所以我还是默默吃我的沙拉好了。尽管这样破罐子破摔的话，我也完全失去了勾搭莱昂纳多这种顶级帅哥的机会，但是我无所谓。当然，那种成天无所事事，以出入各种高级派对为乐的贵妇人还是要另当别论。

那天我没有赢得任何奢华的奖品。我最大的收获是对孩子的渴望——我突然想生一个孩子了。当然还有想要像阿德里亚娜那样，每天坚持健身锻炼、不吃甜品、保持身材的决心。

可惜的是我每天要花大量的时间和精力打理我的博客，免不了身材走样。毕竟对我来说，博客就像是我的孩子。有些时候，它会把你折腾得筋疲力尽。我一回到家就躺在床上不想动弹，连洗澡的力气都没有，更别提什么健身了。然而其实做一个普通的女白领也不是全无好处，你会发现自己根本没办法按照那些模特的方法练就好身材，毕竟既没那个时间，也没那个资本。

· · ·

文胸的发布会结束之后，“维密秀”也即将拉开帷幕。但是在大秀正式开始之前，一些记者收到了后台的参观邀请。后台采访的内容千篇一律，不过就是问一些瘦身的方法——除了2011年采访米兰达·可儿的时候，媒体关心的焦点变成了她孩子的哺乳问题，不过总归还是没有绕开米兰达的胸。

“维密秀”的后台有两个特别的区域：一个是自助餐区，各种美食陈列其中：意大利面、手工雕肉，甚至还有脸盆大小的核仁巧克力饼。另外一个则是假发区，花花绿绿的假发让你目不暇接。

“对，就是这个姿势！拿着草莓，保持住！”一个摄影师大声地指挥着面前的三位模特，她们把巧克力草莓放在嘴边，作势要吃——这就是我第一次到“维密秀”后台的时候面对的场景。美食对于她们来说就是让自己看起来更加性感的摆设，美则美矣，但是不能吃。

我被事先灌输了这样一个理念：“维密秀”就是一次充满幸福与欢乐的美妙旅途，五彩斑斓的幻梦都将在这里实现！然而“维密秀”真正无可匹敌的力量却不止于此。因为它还在世界范围内为“女性之美”立法：一个美丽的女性必须拥有小麦色的皮肤，身材必须前凸后翘又充满骨感，整体气质必须光芒四射却可爱可亲，妆容必须精心雕饰但不着痕迹。这就是“维密秀”的吊诡之处，它把所有的女性都置于男人的凝视下，变成了他们手边的玩具。

后台的所有模特都穿着统一发放的“维密”长袍，但是鞋子却是大家自备的，有的人穿着格斗靴，有的人踩着“恨天高”，还有的趿着人字拖。

有些模特在长袍下面加穿了吊带，而另一些模特则只穿了内衣。安雅·卢比可（Anja Rubik）则在后台小口地吃着饼干，她就是之前我提到的那个拿着巧克力草莓摆Pose的模特。

我需要在后台采访一些模特，尽量挖掘出一点有意思的材料。毕竟只写模特们在后台化妆换衣服之类的事情并不能算作一篇合格的报道，不过模特和美食之间的纠缠和对抗倒是一个不错的角度，所以我决定从这点着手。此外，我对网友们关注的热点也了如指掌，我知道“模特与美食”这个话题底下应该包含哪些人们真正感兴趣的内容。因此首先要解决的一个问题就是：记者到底能不能进入自助餐区？不过考虑到食物太少，不够我吃；再加上我也确实没把握混进去，所以我放弃了这个方案。实际上，记者完全可以自由地出入房间，避开满屋子的闪光灯，选择外出觅食，反正我不想在那里留下我吃东西的丑照。

自助餐区和假发区都在房间的另一头，旁边有一张晚餐用的大圆桌。与之相邻的还有一个休息区，那里放着几张款式新潮的灰色沙发，排列着一些咖啡桌，上面摆着插花。要不是房间里到处都是梳妆台，我还以为自己跑到了牙医诊所的候诊室了呢。四十几个模特坐在梳妆台前，每个位置周围都聚集着一撮人，为她们精致的妆容忙前忙后。

封闭的后台里挤满了各路记者、摄影师和公关团队，大家的目标都是一致的：从这个耗资一千两百万美元的商业盛会里提炼出一个个引人入胜的故事和报道。这是一项艰巨的工作，光有一双发现亮点的慧眼还远远不够。举例来说，每当坎耶·韦斯特和某个模特打招呼的时候，所有人的注意力都随之分散，我们往往会因此而错过一些真正有趣的内容。即便我和《美国周刊》（*USWeekly*）的记者拥有同等的影响力，可以赢得足够的重视，但我们这些小人物比起韦斯特来，又算得了什么呢？

超模米兰达·可儿的位置被安排在了屋子的中间。她和奥兰多·布鲁姆（Orlando Bloom）成婚，不久前刚刚生完孩子。身为大牌明星的她，即便是从屋子里走到自己的车前都要精心打扮一番，因为附近一定有狗仔在跟拍。彼时的她正在和记者们讨论哺乳的事情，还表示自己能够穿着这件造价两百五十万美元的“梦幻文胸”出现在秀场上，感觉万分荣幸。米兰达事先背过通稿，她能够准确地说出文胸上所有钻石的克拉数，就像电话推销员一遍遍流利地说出自己的广告语。《纽约》杂志派我过来负责此次盛会的报道，米兰达必定是一个绕不开的话题。鉴于她不像很多其他明星那样藏着掖着，反而会饶有兴致地和记者分享自己与孩子的日常细节，所以我就投其所好地发问了。

“我和宝宝今天早上五点就起床了，然后我们在九点之前赶到了这里，而且要接受一系列配合此次活动的采访，实在是有点疲于奔命。”正当可儿回答我问题的时候，她的化妆师给她的眼妆打了底，可儿则每隔二三十秒就要拿出自己的小镜子仔细地端详（米兰达当天要走两场秀，这是“维密”的惯例，一场是给“维密”内部人员和部分记者看的，另一场是为所有记者和一些有幸受邀参加的人们表演的，而我们在电视上看到的“维密秀”则是这两场走秀的合辑）。她接着之前的话题继续说道：“我真的想现在就飞回我儿子的身边，一直陪着他。但是，你懂的，我还是得趁着自己能走秀的时候，再好好干几年。这次‘维密秀’结束以后，我要继续休息几个月，陪孩子好好过个圣诞节。”

可儿之所以会说“趁着自己还能走秀”这种话，是因为模特这个职业确实做不长。她能活跃在“维密”秀场上的机会的确越来越少了。时间是模特最大的敌人，当她们容颜老去，就会被世人抛弃，她们的模特合同也会就此终结。商业品牌需要新鲜的面孔和年轻的身体，他们为了激起大众的热情，让模特们穿上镶满钻石的文胸，打扮得像圣诞节的装饰那样精致（镶嵌有三千四百枚宝石、一百四十二克拉钻石的“梦幻文胸”完全抹杀了模特的自我，她们不得不在镜头前将自己的另一面隐藏起来）。

不同于明星和品牌之间的合作，在品牌与模特的博弈中，商业品牌往往占据着主动。举例而言，碧昂斯是L' Oréal的代言人，没有人会质疑为什么碧昂斯能被选中代言这个品牌，因为她是大名鼎鼎的碧昂斯啊！能够找到这样的代言人，简直是品牌的荣幸。但是“维密”和模特之间的关系却并不遵循这个逻辑：是品牌选择模特，而不是模特选择品牌。马西·梅里曼（Marcie Merriman）在2001年到2003年曾经担任“维密秀”的导演，他在2012年的走秀开始前向《彭博商业周刊》爆料说：“品牌绝对不会选择那些早已名声在外的明星们，因为他们不好控制。”也就是说，品牌商想要找的模特必须是那种能够为其“卖命”的人，这就让人产生一种错觉，似乎被品牌商选中就是模特的幸运。与此同时，那些功成名就，但是年长色衰的模特则会被接连“扫地出门”。

吉赛尔·邦辰、玛丽莎·米勒（Marisa Miller）、海蒂·克鲁姆（Heidi Klum）都遭遇了这样的命运，而下一个就会轮到可儿。然而作为一个在圈子里经历过风风雨雨的大明星，米兰达·可儿早已为自己留了全身而退的后路。她告诉我说：“我创立了自己的有机护肤品牌，业余时间也会写书。我的新书《珍爱自己》（*Treasure Yourself*）已经在澳大利亚的畅销榜上蝉联了好几周的冠军，也拿了一些奖项。现在已经被翻译成九种不同的语言了。”她接着补充说，这本书还没有在美国出版。我不知道这是不是她在书里想要表达的内容，可是当我提到女性力量的时候，她回应道：“我想要鼓励女同胞们拥抱自己，发现自己独一无二的美丽。玫瑰固然迷人，但是没有人可以因此就否定向日葵的魅力。”

可儿和她的模特同行们一起，穿着品牌统一发放的粉色长袍，但至少她们都有选择自己鞋子的自由。我也已经准备好拥抱独一无二的自己了——中午就敞开肚子吃火鸡去吧。

· · ·

阿德里亚娜·利马此时正坐在镜子前整理妆发，围在她身边的记者是全场最多的。亚历山大·安布罗休手里拿着一杯绿色果汁，踩着高跟鞋走来走去。模特们似乎都对绿色果汁情有独钟，很多人甚至会把它当水喝。可是如果你想效仿她们的话，还是趁早打消这个念头吧：一杯绿色果汁的售价高达七到十一美元，即便你能把所有原材料弄到手自己榨汁，价格也还是高得吓人，普通人绝对负担不起。我还听说有些模特已经喝上瘾了，手头拮据的时候，她们宁愿解雇自己家的保姆，也不愿戒掉绿色果汁。想到这里我就自行脑补了这些模特家里乱成一团的场景。绿色果汁太浪费钱了，这意味着你每天至少要多花七美元，更何况有些模特还吸烟，两者相加可不是一笔小数目。

还是说回到亚历山大身上，她表示自己没有用吃流食的方式来瘦身。“这是我喝的绿色果汁。”她轻轻地晃动手里的酒杯，巴西口音很重地说，“前些日子，大家都以为我吃了快餐，那怎么可能。我吃的是蛋卷，里面还加了一些蔬菜。这就是我这些天的食谱。”

“在巴黎和米兰走秀的时候，我什么都不用做，只要当心自己的饮食就行了。你懂的，你需要注意保养自己的身材、皮肤等，因为你的一举一动都会被曝光，所有人都注视着你。”亚历山大对我说。她还向我透露，为了保持完美的肌肉线条，她在“维密秀”正式开始之前，大大增加了自己的训练量。

她所谓的“所有人”大概包括表演现场的观众和一个月以后观看录播的电视观众。事实上，“维密秀”的收视率并不高，就好比户外音乐节上，一支过气的摇滚乐队在正午的时候表演，现场的气氛虽然并不热烈，但好歹也还是吸引了一些眼球。可以拿目前收视率并不高的奥斯卡来作一个比较直观的对照：2014年的时候，观看奥斯卡的人次达到了四千三百七十万；但是每年“维密秀”的观看人数则大概保持在一千万左右。“维密秀”和其他电视节目并没有什么不同，一群身材完美的女人穿着华美的内衣，趾高气昂地在舞台上走来走去，外加一些音乐表演助兴——不过它仍然可以算是一次不动声色的广告宣传，成功动摇了和吸引了这一千万观众，这种效果是其他广告难以媲美的。

不过这种宣传对于现场的观众来说可能又另当别论了。现场的观众里有记者，他们的座次是由行业地位决定的，越是重量级的人物，坐得就越接近舞台。明星们则聚集在另一个区域，阿德里安·格兰尼（Adrian Grenier）和佩雷斯（Pitbull）被安排在第一排，其他名气略逊的明星们也被安置在附近，他们中的一些人有可能会缺席，因为毕竟不是他们自己走秀，来不来其实也无所谓。而在这些贵宾区的后方，清一色都是穿着白衬衫和黑裤子的男士。他们或三五成群地只身前来，或带着自己的伴侣赴会。从打扮来看，这些人应该是华尔街的银行家，他们和“维密”的母公司有商业上的往来，操控着股价的涨落。

“维密秀”看起来就是一场“直男癌”的狂欢——身穿内衣的女神们、声嘶力竭的摇滚巨星，每一样都足以让人血脉偾张。可即便如此，它又不完全是直男们的天堂——没有任何一场时装秀可以这样说！性感的模特美则美矣，却势单力薄，时装秀的焦点永远都是华美的奇装异服，即便是“维密秀”这样高度商业化、亲民化的走秀。虽然“维密秀”上也有几个举足轻重的模特能够获得和时装同等的关注（这在其他时装秀上简直是天方夜谭），但归根结底，她们也都只是美丽的“花瓶”而已。然而与此同时，百分之八十的观众却根本看不清珠宝的形状，也分辨不出服饰的材质。如果你用手机在现场拍照，你会发现所有的照片都是模糊不清的，服饰设计得再精致也没有任何意义。更何况活动的主办方本来就设计了各种环节分散观众的注意力——凯蒂·佩里（Katy Perry）的劲歌曼舞、令人炫目的各式道具……前凸后翘的模特们反而被忽略了。

除此之外，还有一个现象也往往会为人们所忽略：直男直女们会在这里互送秋波，暗度陈仓。这些“妖艳贱货”虽然常常混杂在人群里面，但是很容易辨认：她们穿着紧身的连衣裙，赤裸着双腿（这可是十一月的纽约啊），踩着走个楼梯都费劲的“恨天高”，一身小麦色的皮肤引人注目。尽管“维密秀”的邀请函上要求大家穿晚礼服出席，但是所有人的穿着都是那么随心所欲。

我以前并不知道“维密秀”着装的规矩，所以老老实实地按要求穿了礼服前去，结果发现自己反而成了最不伦不类的那个人。所以我当时就暗下决心：以后再来“维密秀”，绝对不穿成这样。

其实所有盛装打扮的女同胞们都知道，自己只不过是“直男”们眼里的玩物。这些“直男”一个个都有着迷之自信，他们理所当然地把“维密秀”当成撩妹的风水宝地。我亲眼目睹了一些“直男”在秀场上调戏自己的女伴。还有一些人甚至打起了舞台上“维密”模特的主意。这些“直男”通常不会只带着女伴前来，他们一般会纠集一群“臭味相投”的狐朋狗友在现场胡闹。我个人觉得，这世上最难受的事莫过于和男朋友的一群“好基友”打交道。尽管有人能够“顽强地”适应这种情况，并且在其中游刃有余。可每当我和这群“直男”待在一起的时候都很崩溃，我和他们完全没有任何共同话题。你能指望这样一群人在“维密秀”上干点什么呢？假装自己是女性内衣的专家？

· · ·

走秀正式开始之前，后台还算是一块远离“直男”的净土。大家不厌其烦地讨论着瘦身和节食。十多年来，时尚最受人诟病的一点就是宣扬“以瘦为美”的理念，导致很多身材丰腴的女性们丧失了自信。她们不停地瘦身，结果非但没有“变美”，反而还落下了诸多病根。时尚界也意识到了这一点，所以想尽一切办法在公众面前推卸责任。《Vogue》杂志的特刊就专门给碧昂斯、吉赛尔这些“丰腴”的女性增加了版面。美国时装设计师协会也为此发布了“健康倡议书”，号召业内人士为模特的身体健康保驾护航。然而这些所谓的“业内人士”本身就是“以瘦为美”的忠实信徒，他们对自己的体型要求就无比严苛，因此这些举措并不能令人信服。人们如今谈起“时尚”就总是会拿节食瘦身说事儿，这种玩笑并非空穴来风。现如今，节食瘦身已经成为一个老生常谈的话题了，大家对模特们异常纤细的身材也早已见怪不怪。

然而名模康士坦茨·雅布伦斯基（Constance Jablonski）却对这类批评嗤之以鼻：“我们并没有说谎，我们享受节食和瘦身，它就是我们的生活方式。而且我喜欢锻炼，所以每天健身对我来说稀松平常。如果非要说‘维密秀’有什么影响的话，大概就是走秀前两周，我会适当加大健身的训练量，仅此而已。”

“所以你没有吃流食？”

“只要你每天坚持锻炼，保证睡眠就行了，我从来不吃那玩意儿。”

这时候，杜晨·克洛斯（Doutzen Kroes）已经梳妆完毕，在屋子里闲逛。大多数的明星都不会主动和记者交流，她却是个例外。杜晨找了一张导演椅坐下，对我说：“采访进行得怎么样了？每次都问同样的问题不无聊吗？”我当时心想：“无聊？屋子里有这么多尤物，我怎么可能无聊？”

“我也担心你们会对同样的问题感到厌烦，所以还特意准备了一些不同的问题，比如这一个：有什么问题是你想回答，而从来没有人问过你的？”

“哈哈，你这个问题还真难倒我了。”她的荷兰口音很重。

于是我接着说：“我发现大家好像只是问一些有关健身和节食的问题。”

“是啊。他们经常问我在走秀之前作了哪些准备，而我的回答也总是一样的——每个模特的回答大概都是这样的。”

所以你的答案是……

“就八个字：好好锻炼，注意饮食。我平时生活中就非常注意饮食的均衡，而且在走秀前几周就开始不吃甜食和碳水化合物。”

“你感觉还好吧？”

“我觉得很好啊，而且很健康。我们能够通过这种方法掌控和塑造自己的身体，何乐而不为？”

她还说她的意思并不是只有节食和健身才是保持健康的不二法门。但事实上，这就是她们维护自身健康的方式：毕竟她们是吃模特这碗饭的。

杜晨曾经参与了美国时装设计师协会“健康倡议书”的推广，我非常钦佩她。即便他们的努力并没有取得显著的成效，但至少他们努力的方向是正确的。

她继续说道：“很多女孩现在宁愿放弃健康，也要追求骨感，即便是此刻这屋子里的一些模特也是这样。所以我觉得有必要告诉大家健康的重要性，有些女孩天生就瘦，这是羡慕不来的。每当我听到有人为瘦身而绝食的时候，总是心如刀割。我不希望这样的事情发生。”

“‘维密秀’的模特也有为此而绝食的？”

“当然不会。因为‘维密’模特的标准不是越瘦越好，还需要有健美的肌肉。这也是我们努力健身的原因。这在某种程度上比当运动员还要痛苦，因为我们要有肌肉，但又不能太壮实。毕竟运动员锻炼肌肉是为了更快更高更强，而我们则是为了更美。”

不仅如此，她还就“维密秀”是不是应该让怀有身孕的模特走上舞台，发表了自己的意见：“这种事情不应该发生，因为这会传达一个错误的信息。毕竟‘维密’又不是什么孕妇装品牌。诚然，我觉得怀孕会让女人更加性感，而且我丈夫也很喜欢我怀孕的样子。但是还有很多人对此并不‘感冒’，所以应该尽量避免这种事情。实际上‘维密’在模特怀孕生子这件事情上还是非常宽容和支持的，而另外的很多品牌则并非如此。”

谈到产后的情况时，她说：“品牌方让我尽情休假并且享受和孩子相处的时光，不必急于回归秀场。他们没有给我任何压力，这点让我非常感激。”

之后我又采访了坎蒂丝·斯瓦内普尔（Candice Swanepoel），她当时23

岁，比其他模特的年纪略小。趁我的记者同行们还没有蜂拥上前，我赶忙抓紧时间发问。我四下打量，发现一大群摄影师正围着阿德里亚娜拍照，她此时外边套着一件长袍，里面只穿了一套蕾丝内衣，正站在自己的梳妆台前搔首弄姿。整个后台都因此而沸腾了起来。

“阿德里亚娜，看这边！”一名摄影师大声叫喊着。机不可失，时不再来，只有在后台才有机会拍到这样的照片。

我随口对坎蒂丝说：“他们下一个拍的大概就是你了。”

她皱了皱眉，说：“但愿不是。”

我问她，我们是不是对模特们的瘦身方式有点过度关心了。

她回答说：“很多人总是会问同样的问题：‘你是怎么瘦身的？’我明白大家的想法。我们善待自己的身体，身材维持得也很不错，很多人想知道这其中的诀窍。”

模特们实际上把节食和锻炼看成是“善待自己的身体”。可是连续几周不吃甜食和碳水化合物真的是“善待自己的身体”吗？还是屈服于“维密”金钱和资本的表现？这其中的界限很模糊，因为很多喜欢吃甜品的女生往往会被规训，自以为“没有善待自己的身体”。事实上，很多“维密”模特的瘦身方法相当极端，不可效仿。遗憾的是，如今的我们似乎都已经失去了反思的能力，我们被不断地规训，最终忘却了健康的定义，也忘却了自己只是一个普普通通的正常人。

还没等我开始问坎蒂丝瘦身的具体方法，她自己就已经主动开始解释了。

“我不知道其他女生的情况，但是我的食谱一经确定，就很少会有改动。我每天会摄入很多的蛋白质，因为我想变得更加健美。与此同时，我也会定期去健身，而且从十天前开始就加大了运动量。”

她继续补充说：“但是偏偏有些人就会觉得我的生活很不健康。”

谈起“维密秀”，一定绕不开瘦身和节食这一系列话题，这也是很多媒体报道的焦点。诚然，我们在“维密秀”上可以看到各种稀奇古怪的道具翅膀，可以听到著名歌星的深情献唱——Maroon 5、坎耶·韦斯特、凯蒂·佩里、妮琪·米娜（Nicki Minaj）都曾在“维密秀”上表演过。可是，“维密秀”真正的卖点却仍然是模特们傲人的身姿和秀丽的长发，她们才是这一场五光十色的大秀真正的核心（这也就解释了为什么现场会有那么多“直男”）。她们用卓绝的努力和无数的汗水（这在她们眼里有可能就是“善待自己”）打造了为世人艳羡的身材。

尽管这些女孩们天生丽质，但是她们也会和普通人一样羞涩和不自信。因此她们会在台下默默付出汗水和努力，会在上台之前精心打扮，只为了在十万人面前惊艳一瞬。走秀是她们的工作，因此她们会疯狂地为之健身和节食，会忍受难喝的绿色果汁，也会戒酒戒甜食。但问题是，如果没有人给我这样一份工作合同，那么这些事情对我来说简直就是自残。

· · ·

自从“维密秀”开播以来，主办方把整个场地都翻修得富丽堂皇——尽管在他们眼里，“富丽堂皇”的装修风格就等同于拉斯维加斯的高级脱衣舞俱乐部。与很多时装秀不同，“维密秀”的观众椅上配有舒适的坐垫，甚至还有居家的小灯。

我身为一名小小的博主，只能坐在秀场的后排。我一般会在开场半小时前准时到达现场，不像去其他时装秀的时候那样拖拖拉拉的（现场的安保不像机场那样严格，虽然有一只缉毒犬，但是没有人搜身，也不需要经过透视扫描）。男主持人扯着嗓子，拖长了声音在舞台上暖场：“二十八位世上——最——漂亮——的女性……”。我们这一群人估计还没等到“世上最漂亮的女性”出场就已经被他折腾疯了。突然，所有的灯都熄灭了，我打开手机，登录了推特。此时，一位长发长裙的姑娘在过道的另一边落座——“维密秀”开始了。

Everyone Else

The world of the slightly famous

其 他 人

时尚的边缘世界

Tales from the back row:
an outsider's view from inside the fashion industry

“去哪里的时候可以穿皮凉鞋？”我在*Cosmopolitan*网站的办公室里大声询问道。在此之前，我曾经从*Cut*杂志跳槽到了*BuzzFeed*，当时觉得时尚界的种种似乎都已经远去了。我身边的同事们并不能理解我对亚历山大·麦昆的迷恋，平时上班也都穿得邋里邋遢的。由于和他们完全没有共同语言，所以几经周折之后，我又重新回到了时尚界。

坐在我边上的时尚编辑查尔斯不假思索地回答我：“在时装秀场的外面闲逛。”

我非常同意这一点。你总不能穿着皮凉鞋满世界乱跑吧，既不能去脏乱的集市，又不能去高档的餐厅。毕竟这样的鞋子实在是太特立独行了，也只有时尚界的“怪咖”们会对它爱不释手。

如果有谁在时装周的秀场外面穿着这样一双皮凉鞋，就一定会受到街拍狗仔的关注。皮凉鞋可以把一个无名小卒装扮成时尚达人——一张穿着皮凉鞋的照片足以为其正名。现如今，小有名气变得越来越容易，看看微博上的那些网红就知道了。

实际上，即便你不在网络上发自拍，也依然可以成为一个有头有脸的人物。只要注册一个推特账号，然后拍一些明星的照片发布出来就可以了——就像我之前说过的那样，现在要想成名简直毫无门槛。如果你的脸皮再厚一点，那么恭喜你，你已经走在了成名的大道上。

一些混迹时尚界的人其实并没有正当的职业，可他们也被视为时尚界不可或缺的一部分。我把这些人称为“网红”，他们出入各种上流派对，在模特和名流们的身后蹭合影。而正当他们在派对上把酒言欢的时候，身为杂志记者和编辑的我们，每周大概要拼命地工作六十到八十个小时。他们的工作好像就是吃喝玩乐（当然他们也会有被隔离带拦截的时候），但是推特的粉丝数量却比我们这些埋头苦干的人们要多得多。而在我们这个行业，推特的粉丝数量是衡量一个人成功与否和个人价值的试金石。我们和这些“网红”之间好像也横亘着一条无法逾越的隔离带，一如红毯典礼的时候隔在记者和明星之间的红线。“网红”的存在令人不解，究竟是什么把“我们”和“他们”分隔开来了？

社交网络让“网红”和一部分身处幕后的人们走到了聚光灯下——造型师、化妆师、助理、小编辑……他们曾经无权无势，默默无闻，如今却得以在公众面前大放异彩。一些保守的时尚人士把这些人称为“时尚的杂音”，可我认为正是这些人为时尚界注入了新鲜的血液。

我也是这群边缘人物中的一员，汲汲于追寻自己的那一点点蜗角虚名——只不过我不像身边的人那样期待着有朝一日能够大红大紫。我曾经非常不齿这种自抬身价的行为（现在也会，只不过没有那么强烈了），不过如果承蒙别人瞧得起，我还是很乐意接受自己的这种“名流”地位的。我也会爱慕虚荣地买一双时尚的皮凉鞋，如果有幸被街拍摄影师发现了，我当然会很高兴。但是我绝不会刻意地把这双鞋在博客上晒出来。

有一天，我和我的朋友塔拉在一家健康餐饭馆吃饭，席间我向她吐槽了一些“网红”：

“真不知道这些人在想什么，成天穿着奇葩的衣服哗众取宠。”

她说：“圈子里是有些人很善于自抬身价。即便他们并没有什么过人的才华，却偏偏能抓住各种机会博人眼球。”

那时候我才明白，尽管现在智能手机已经普及，但在网上自我炒作和标榜却并非易事，它甚至已经变成了成功的必要条件。可是我不会在推特上发一些有关我本人的东西，只是偶尔会秀一些和猫咪的互动。我不会自我炒作，但是当美妆网站*Into the Gloss*主动找上门来，想要采访我的时候，就另当别论了。如今的我在这个小小的圈子里享受着一点点微不足道的名声，甚至还写起了书——也就是你此刻在看的这本——大家好！

在时尚界里，这种普通刊物的采访邀请遍地都是。假如有一天，你作为时尚博主而突然声名鹊起，还没等你意识到这个事实的时候，*Sunglass Hut*就已经主动上门采访了。

然后你会在采访过程中激动得不知所云。可是事后却还不忘在朋友们面前自吹自擂："这只不过是一次演习而已。以后这样的机会还多着呢，你说是吧？毕竟干我们这行的总免不了和媒体打交道。"然后所有人都同情地点头。当你"厚颜无耻"地说出这番话的时候，再也没有人会当面拆穿你，因为他们正在各自的社交平台里忙于自我炒作和包装。

不久之后，天将降大任于斯人，功成名就的机缘唾手可得。

· · ·

在*Cut*工作了几个月以后，我的名字在网络上出现的频率逐渐增加，最终引起了《世界时装之苑》杂志的注意，他们想做一次有关时尚博主的内容，因此约我进行一次时尚拍摄。负责这个专栏的编辑是杂志当时的创意总监乔西（Joe Zee）。我从小学五年级以后就没有正经拍过肖像照了，没想到这一次我的照片居然要出现在《世界时装之苑》这等举足轻重的老牌杂志上！

杂志社早就料到了我的日常着装肯定达不到上镜的标准，他们是对的——我的衣品连我自己都不敢恭维。所以我被领进了他们杂志的衣帽间，在那里换上各种大牌设计的衣服。我被打造成一个真正的“时尚精英”——有自己的时尚顾问，而且可以为自己喜欢的品牌一掷千金。他们试图营造这样一种错觉：我在杂志照片上的形象就是我的日常生活。托他们的福，我第一次发现原来两千美元的Stella McCartney上衣穿在身上的感觉居然如此美妙。不过那些时尚秀上的非卖品高跟鞋对我来说简直是一种折磨，真不知道那些模特是怎么面无表情地坚持下来的。

我的服装造型是由创意总监乔西的助理安妮负责的。在时尚界，助理的角色不可或缺，他们就像润滑油一样，保证了时尚机器的运转。助理们需要把一些衣着随便的混混（比如我）打扮得光鲜亮丽，需要负责主管会面的各种安排，还需要干一些跑腿买咖啡的杂活儿。他们每天在自己那个暗无天日的小办公室里埋头苦干，记录着各种事项的便签贴满了墙壁。助理们可以积极乐观地面对一切紧急的情况，因为一旦工作出现了问题，他们就会被“发配原籍”，回到商场的促销区当一个售货员。当然这其中也有走运的例外，劳伦·魏丝伯格（Lauren Weisberger）就在离职以后，把自己这些年的助理生涯里所受的折磨都写了下来，结集出版。这本书还被改编为安妮·海瑟薇主演的同名电影《穿普拉达的女王》。不过其他助理就没那么幸运了，他们必须时刻保持谦恭，因为即便他们做了再多的工作，最终都会归功于他们的上司。举例来说，也许一个版面里的大部分工作都是助理完成的，但是署名永远是他们的上司——这就是这个行业的规则。不过话分两头说，最优秀的助理也往往能够凭借自己的努力一步步走向时尚之巅，安娜·温图尔和安娜·戴洛·罗素就是如此。

有些助理会在电视节目或者专栏里细数自己工作中立下的汗马功劳，然而还有很多人依旧选择默默无闻，他们不愿意在镁光灯下抛头露面。时尚行业充斥着各种自我炒作，很多人之所以会在社交网络上“晒”出自己的日常，是因为他们觉得关注自己的粉丝们“渴望”知道这些。而唯有那些真正心志坚定的人才能抵挡住这种所谓“成名”的诱惑。

“你喜欢哪位设计师？”安妮一见我就开始发问。

“让我想想……”我开始回忆昨天刚刚记下的几个设计师的名字。

一个名字脱口而出：“王大仁！”这是我现在能够想起的几个人名之一，而且没记错的话，王大仁偏爱黑色，穿上他的衣服可以让人看起来更苗条。

安妮继续发问：“还有呢？”这时候，我被领进了衣帽间，令人眼花缭乱的大牌服饰堆满了整个房间。那一瞬间，我仿佛置身于一个浓缩版的Barneys精品店，只不过这里没有廉价的促销品，而且还可以肆无忌惮地在这里更衣试穿。安妮好像早就知道我这种人脑子里会打什么算盘，所以事先把我可以试穿的几套衣服打包好了。

“嗯……”

“我觉得斯特拉·麦卡特尼这件衣服很适合你，要不再试试伊丽莎白&詹姆斯（Elizabeth & James）？”她看着我试穿的效果，继续斟酌道。

我无奈地说：“你也看到我来的时候穿的都是些什么玩意儿了，反正怎么都比原来好。”

我接着又试了一些黑色的衣服，包括一件斯特拉的上衣和一组王大仁的两件套装：一件裁剪优良的高领毛衣，配上一条紧身裙，穿起来简直就像把自己塞进了一只巨大的袜子里。

现在我总算明白杂志社为什么要请专业人士来负责服装的搭配了。这简直比生孩子还受罪。

“这套衣服不错，你觉得呢？”

我看着镜子，不知道自己这身打扮是好还是坏，但是我对安妮很有信心。她不光在帮我试衣服的过程中展现了不俗的品位，更在自己的日常衣着里彰显不凡。她当天穿着一条造型怪异的皮短裤，而这也正是造型设计师区别于芸芸大众的地方：同样的衣服穿在造型师的身上就是时尚，穿在普通人身上就是疯狂。

因此我忐忑地回答说：“我听你的，你觉得行那就准没错。”

她再次确认了一遍我的着装，然后收拾起所有拍摄中我可能用到的服装——为了留有选择的余地，我们准备的衣服往往比拍摄用到的要多。几天后，她带着发型师、化妆师和摄影师来到了我在《纽约》杂志社的办公室。像安妮这样的造型师总是准备万全，我非常享受和他们的合作。为了让我以最好的状态出现在镜头里，不光有专门的发型师和化妆师替我精心地梳妆打扮，还有专业的造型师替我“保驾护航”，不容许任何阻碍拍摄进程的事情发生。专业的造型师似乎无所不知，他们掌控全局，知道怎样把握妆容的“火候”，精雕细琢却又不用力过猛。造型师们的工作不只是将拍摄对象打扮得艳惊四座，把拍摄对象照顾得无微不至也是他们的职责所在——他们不仅要帮你拉上裙子的拉链，卷起衣服的袖口，甚至还要准备吸管，以防你在喝饮料的时候弄花口红。更夸张的是，当你觉得衣服穿起来不舒服的时候，他们还要负责逗你开怀大笑。可以这样说，没有造型师的努力，就没有相片里一个个完美的影像。

换装的时候，你的贴身衣物会在造型师面前一览无余，所以绝对不要穿一些让人尴尬的内衣。我常常这样想，也许他们对我的分外关心只是因为他们觉得，一个在日常生活里连内衣都穿成这样的人，根本没有自己穿上铅笔裙的可能。

梳妆打扮完毕以后就是拍摄环节了，这在我看来意味着噩梦的开始。我在安静地坐着烫头方面天赋异禀，但是如果你让我坐在那里摆造型拍照片，那简直是玻璃展示柜里的尼斯湖水怪。

摄影师让我坐在一张桌子前，桌面上随意地摆着几本《纽约》杂志的旧刊，背景处是一个放大了的《纽约》杂志封面。

我带着一脸“生无可恋”的表情坐在那儿，摄影师不停地按下快门。

几分钟后，摄影师实在有些忍无可忍了，他说：“嗯……你还能摆些姿势吗？”

我心里一阵腹诽：“难不成还要让我表演杂技吗？”

“微笑算不算？”我说。

“可以。来，看着镜头……微笑！”

于是我就坐在那里傻傻地笑着。化妆师和发型师偶尔会过来替我补妆。

又过了几分钟，摄影师终于说：“行，我觉得可以了。”

第一部分结束了，我为自己的笨拙表现感到一阵气恼。不过更让人绝望的事情还在后头，我得换下这件麦科特尼的上衣，钻进王大仁的那套“大袜子”里面去了。不出所料，第二部分的拍摄依旧尴尬。

我的意思并不是说替杂志拍照很让人煎熬，毕竟我不想成为那种得了便宜还卖乖的混蛋，我一向只会因为蠢事而抱怨。但是这次的拍摄经历的确让我明白了一件事，有的人的确是为摄影而生的，有的人则不然。有的人可以在镜头里搔首弄姿，而有的人则会在相机面前手足无措。作为一个时常和明星打交道的专业人士，我常常在想：如今这个时代，成名究竟是一种怎样的体验？经过几次拍摄之后，我渐渐明白自己和名人之间的区别到底是什么了，因为唯有他们可以坦然地接受镜头的窥伺。我也想像他们那样在镜头前轻松自如地展现自我，但最终又不得不承认，这种天分是与生俱来的。

此时，我眼前的摄影师正跪在地上寻找拍摄的角度。

他说："走到我这里来，就好像你正在走向电梯。"

我穿着一双黑色的YSL高跟鞋，穿着束手束脚的两件套，走向前去。

安妮这时候说："乔西觉得我们应该拍下她按电梯按钮的那一瞬间。"

摄影师也做了一个鬼脸："真的？"

我猜他一定觉得这个动作好看。可是，我每天都要按电梯的按钮，平日里不觉得有什么，怎么现在一换上昂贵的衣服，站在镜头前就"变美"了呢？我想不通，便只好站在那里，任人摆布。

"乔西还想要一张她站在电梯里的照片，我们好歹拍一张这样的吧。"安妮继续说，"不一定会用到，只要能给乔西交差就行。"一个好的助理不光要完成上司交给他的所有工作，还要能读懂上司的心思。事实上，这也是很多人找助理最重要的一条标准：能够想他们之所想，急他们之所急。这样的话，他们就不需要劳神苦思，只要享受生活就行了。

一个成功的时尚人士身后一定有一个优秀的助理。他们负责安排时尚达人们的各种行程，负责在每一次拍摄前准备好所需的服装。最好的助理一定不会计较个人的得失，他们知道自己永远只能待在幕后，却还能够安之若素。他们对自己上司该做的事情了如指掌，并且会尽最大努力保护上司的安危。我一个朋友以前是一位著名造型师的助理，他们每天的办公场所就在造型师的家里，所以每天早上他都要提前赶到办公室确认他上司昨晚预约色情服务的网站有没有关掉。在此期间，他还帮着完成了一位著名设计师的一套造型。由于这位设计师偏爱老旧玩意儿，所以为了达到设计师的要求，他在袜子上滴上咖啡，然后放在炉子上烤干（这双袜子最后被当作手套戴在了设计师的手上）。他还耗费了一整天的时间，只为了送一双皮靴。他在做这些事情的时候难道会奢求这位世界著名设计师在大秀结束之后给他鞠躬致谢？当然不可能。他告诉他的朋友们，这是他这辈子做过最好的工作，他很知足。

我还在步履蹒跚地向电梯走去，几个来回以后，我们终于收工了。

摄影师如释重负地说："这场煎熬总算结束了。"

我心里暗骂："见鬼，我有那么差劲？"我在过道里脱下鞋子，然后回到了更衣室。我的两件衣服就像没洗过的破布，静静地躺在地板上。

我能想到最好的结果就是，拍出来的照片千万别像我本人一样一无是处。幸运的是，所有《世界时装之苑》杂志和《纽约》杂志官网的读者没必要知道我每天上班的时候其实都穿得像个中学生，而且我穿的一些衣服也确实是中学时代的"遗物"。

理想的情况下，我的照片应该看起来不像是一个撞了大运的懒虫，而是一个虚拟的、更好的自我。

《世界时装之苑》出版的刊物里有两张我的照片。两张照片左右对称，大小一致，合起来就是一张扑克牌。幸亏有安妮，我的样子看起来魅力无穷，又身价不菲。而背景里的破破烂烂的办公室则和我的形象之间形成了强烈的反差。

安妮后来正式成为了一名能够独当一面的造型师，所以辞掉了在杂志社的助理工作。她才华横溢又踏实肯干，从给我这种无名小辈设计造型开始，到给红毯明星和时尚超模的顶级杂志拍摄出谋划策。她如今已然走上了时尚的金字塔尖，有自己的时尚经纪人。功成名就的她最终得以成为电视节目的主角，可以发布她自己设计的“弓箭”主题时尚手镯。

· · ·

如今能像安妮这样甘居幕后的人少之又少。即便是公关人员——一群应该在暗地里完成自己工作的家伙——也有了自己的真人秀节目。“小甜甜”布兰妮的公关代表莉兹·格鲁布曼（Lizzie Grubman）就是如今这股风潮的急先锋。事实上，也许唯有最出色的公关才能出现在真人秀里，因为他们不仅可以在节目里展现自己卓尔不群的工作能力，还可以借此成名。这些人为此不惜打破行业规则，冒着客户流失的危险，从幕后走向前台。

2005年，格鲁布曼的真人秀在音乐电视台（MTV）首播。几年前在纽约的时候，格鲁布曼的处境可谓是“过街老鼠，人人喊打”。因为她在倒车的时候，开着自己的城市越野冲进了汉普顿夜总会（Hamptons nightclub）的人群之中，造成了十六人受伤。随之而来的是媒体铺天盖地的口诛笔伐和数百万美元的赔偿金。真人秀对她来说是让人们忘记这段“黑历史”最好的办法。毕竟真人秀给他们的人物设定往往比他们本人还烂。于是，这部真人秀只播了六集就被迫“夭折”了。

但这股风潮却并没有就此停息。时尚界、音乐界还有电影界都被波及。在这些行业里工作，可谓是“逆水行舟”，如果不能一朝成名，就注定要被行业抛弃。

凯丽·卡托尼（Kelly Cutrone）就是这方面的佼佼者，她既是一名时尚公关，同时也是家喻户晓的明星。她出演的真人秀《好莱坞女孩》（*The Hills*）和《都市》（*The City*）讲述的是两位二十出头的年轻女孩劳伦·康拉德（Lauren Conrad）和惠特尼·波特（Whitney Port）在时尚公关界的“真实”成长故事。凯丽在剧中扮演一位严厉的老板，她眼里容不得沙子，所有员工都必须不折不扣地按她的命令行事。她的人物设定是一个充满威严、吹毛求疵的工作狂。可是她所有的工作无非是优雅地端着香槟，往来于名流之间而已。即便如此，每当两位金发碧眼的美女主人公在工作上出了什么岔子，她还是会风风火火地出镜，然后“大杀四方”。

卡托尼在圈子里是出了名地喜欢和记者“亲切交谈”，但凡记者的报道里提到她的名字，就一定会接到她的“问候”电话。我早年在*Cut*工作的时候，确实曾经在博客上吐槽过她。我当时也没多想，随手把这篇只花了十分钟就写完的文章发了出去。圈子里尽人皆知，卡托尼其实非常不修边幅。她不是那种会花时间精心修饰发型和眼线的女人，每天早晨出门也只是穿一身万年不变的黑衣服。她永远行色匆匆，所有让她放慢脚步的人都不会有好果子吃。可就是这样一个人，当她出现在真人秀里的时候居然精心烫染了头发！

没过多久，我的电话响了。

一阵沙哑的笑声从那头传来：“所以，你喜欢我的头发对吧？”

“是的，您说得对。”我敷衍地回答，因为实在是没什么可说的。那一瞬间我真希望这种对话发生在别人身上，而我只要在旁边幸灾乐祸地看看就好。

她接着说：“看来我们得找个时间喝个茶，聊一聊了。”电话那头传来了吵闹的嬉笑和窃窃私语的声音。

“好的，当然。反正我们的办公室离得也很近。”

我觉得凯丽的恐吓只是闹着玩的。我们在电话里约定要见面喝茶以后，她就挂断了。事后，我们当然没有一起喝茶。这对我来说是最好的结果。比起和她聊天，我宁愿和“直男癌”们讨论足球。

现实中，我当然会和卡托尼不期而遇。某一季的时装周上，她自己安排了一组秀。彼时，真人秀《都市》也正在热播。她的两个员工和惠特尼·波特（也就是第二个劳伦·康拉德）担纲那次时装秀的设计师。波特设计了一个系列的服装。可惜除了那条亮晶晶的裙子以外，我什么都不记得了。当然，鉴于三个“设计师”里只有波特出演了真人秀，所以她得到了众星捧月般的关注。可以这样说，她几乎是所有人（包括我）出现在这里的理由。走秀结束后，卡托尼让三位设计师站成一个半圆，接受媒体的采访。可是所有记者的眼里只有波特，在场的三台摄像机全部对准了她，连她脸上的细纹都不准备放过。

一位黑头发的妇女走上前去和波特拥抱，并且送上祝贺。她也是真人秀里的一个人物，所以为了秀的“真实性”，她必须这么做。无数的观众都通过波特的经历间接地体验了纽约时装周，她甚至还替广大女性实现了成为设计师的理想。所以按理来说，时装周结束以后，你一定会被媒体团团围住。而你的好朋友此时则会第一个上前拥抱你，告诉你不忘初心。

当波特一个人独处的时候，她的站姿非常奇怪。大概是真人秀剧本要求的所谓“心事重重”的样子。我抓住时机，举起录音笔伸到了她的面前。

她看着我说：“你好，我们在等玛拉。”她口中的“玛拉”就是被迫和波特一起参与这组时装秀的设计师玛拉·霍夫曼（Mara Hoffman）。悲剧的是，波特抢走了她和另外一位设计师所有的风头。不过她们也不是真的有自己的设计品牌，毕竟这一切都只发生在真人秀里。

这时，只见卡托尼带着玛拉走了进来。她浑身上下充满着躁动的气场，嘴里嘟嘟囔囔地发出一些无意识的声音，表现得比真人秀里还要夸张。我当时就被吓懵了。

我继续采访波特，想要聊一聊她设计的迷你裙。结果她疑神疑鬼的表现就好像我在骗她承认自己讨厌同性恋似的。

“我觉得这种采访没什么必要再进行下去了。”她直接无视我，转头对凯丽说道。她把我当成什么了？难道我是客厅里仅供观赏的盆栽？

于是凯丽对我说：“你们采访过其他人了吗？难道今天你们只采访惠特尼？”

我和其他记者当然声称要采访所有人。很明显，如果想要从真正的明星那里套到只言片语的话，我们必须假惺惺地装出一副一视同仁的样子。

我接着又询问了这组秀举办的缘由。

“我们都在凯丽的手下工作，所以就一起办了这场时装秀。”惠特尼的回答显得很没有礼貌。她接着谈了谈自己在活动过程中的压力，最后还不忘吹嘘一下自己的设计。

凯丽又觉得我在故意下套，所以也加入了对话：“我们才刚刚开始尝试设计，这次只是一次处女秀。”

结束了这边的采访，我又简单地向另一位设计师尼古拉斯·昆兹（Nicole Kunz）提了几个问题，这一方面是出于采访策略的需要，另一方面则是对她所受的冷落有点不忍。上一季的时装秀上，她的秀是和玛拉·霍夫曼一道举办的：“我明白时装秀的规矩和流程。谁知惠特尼从半路‘空降’下来，所以我们很乐意在这个过程中给予我们力所能及的帮助。”尼古拉斯在接受采访时还说，即便惠特尼现在受到了众多记者的关注（这些记者在她面前不敢说半个“不”字），但她终究还是一个真人秀明星，她的时尚设计只是“玩票”而已。

最终，八卦的记者越来越多，几乎遍布了整个场地。除波特以外的设计师们则彻底被忽略，不过他们也许早就溜之大吉了。惠特尼心知肚明，她自己将会成为众人追捧的焦点。腕儿大了，脾气自然也就坏了（也有可能她是被我气的，谁知道呢）。不过她还是纡尊降贵地回答了我的问题：“漫游仙境的爱丽丝来到了一个鸡尾酒会——这就是我灵感的来源。”

她的话听起来让人觉得她参加这次时装秀其实纯属意外：“你知道吗？这次的时间真的很紧，我大概只有两周的准备时间，所以只能加快速度完成了所有的设计。我当时也没多想，既然机会摆在我的面前，而且我也有这个能力，何乐而不为？”

她还表示自己接下去将在其他的时装秀里从事“幕后工作”——这种越俎代庖的事当然不可能发生。因为摄影机会全程跟拍，出演真人秀才是她真正的工作。

这时候，我突然听到一个声音说：“没有人和其他设计师在一起？”这大概是卡托尼在跟不能出镜的工作人员说话。

在我走出房间之前，一位助理制片用一纸协议拦住了我：“你可以签了这个吗？我们需要你来当背景。”

乐意之至！只要能出现在电视上，我什么都可以签。媒体行业的多年经验告诉我，既然当今时尚界选择通过电视节目向世人展示自我，那么作为时尚界的一员，电视节目也就注定是我的舞台。

· · ·

《都市》并没有在音乐电视台长期播出。卡特尼在*Bravo*电视台又开了一档真人秀，但是很快也夭折了。在我看来，这些真人秀之所以接连撤档，很大一部分原因在于，时尚圈“高大上”的派对故事难以对普通大众产生持续的吸引力。

尽管惠特尼·波特的节目停播了，但是她已经积攒了足够的人气，可以时不时地在英国的《每日邮报》（*Daily Mail*）的八卦里露脸。我不记得这里面有什么有趣的报道，但是在狗仔拍的照片里，她的大长腿总是格外引人注目。

不过你大可放心，我从来没有出演过任何有关我自己的真人秀，因为我只不过是个无名小卒。然而，在《都市》这部真人秀里还真有我的身影。虽然只有那么一两个镜头闪过我的脸，但也足够让我的小伙伴们震惊了。

据我所知，很多曾经默默无闻的人，如今都已经在时尚圈久负盛名。他们当年在秀场外被街拍记者发掘，从此便声名鹊起，星途坦荡。

著名的时尚博主苏茜·巴伯（Susie Bubble）自2006年开博以来，以其非凡的时尚感吸引了大批时尚摄影师的跟拍，而且几乎所有时尚秀的前排都留有她的位置。可是她曾经跟我说过，她其实志不在此。比起在公众面前抛头露面，她更愿意退居幕后：“我一直很担心自己其实盛名难副。毕竟在这个行业里，有能力的人实在太多，无数才华横溢的摄影师、造型师和艺术总监都被埋没了。而我之所以能够脱颖而出，大概是因为博客还算是一块未经开垦的处女地，一点点微小的工作都被看作了不起的成就。在这个行业里，所有为自己的梦想努力奋斗、呕心沥血的人都值得被尊重。”

苏茜不知道自己身边怎么就聚集了这么多拥趸，她觉得自己只不过是第一个得到大家关注的博主而已。“我努力工作，同时也无比幸运。我完完全全意识到一切虚名都有可能转瞬即逝。如果那一天真的如期而至，我也会坦然面对，毕竟人生总有潮起潮落。”

著名的街拍大师菲尔·欧（Phil Oh）曾经这样描述这场时尚“造星运动”的冲击：“有这样一个杂志编辑，她对所有的摄影师都彬彬有礼。街拍让她的事业走上了新的高峰——过人的拍摄天赋和美丽的眼睛让她迅速走红。渐渐地，人们把街拍当成了她的本职工作，这对她本人的工作和拍摄造成了很大的困扰。上一季的时装周上，她在入场的时候混进了人群，尽量躲避镜头的拍摄。我觉得随着现如今摄影师数量的增加，人们越来越喜欢把自己藏进人群，嫉妒心也越来越强。”

然而我就不会把自己藏进人群。我常常借工作之便，努力彰显自己的个性，试图成为各种场合的焦点。就像我离开*Cut*之前，Net-A-Porter的*Outnet*折扣网站想要出一期关于我的专访和视频。我当然一口答应——又可以拍照了！又可以火一把！我事先其实对这次合作不抱任何期待，结果没想到这次拍摄居然无比欢乐。

我试穿了一些大牌设计的服装，然后提了一些发型和妆容方面的要求。当我告诉他们我想要把头发吹直梳在后面时，大家都赞同地恭维说：“您真的非常与众不同，所有的人都喜欢大波浪式卷发。”我随口说出的话都被他们当作圣旨。

坐在椅子上的时候，有人给我递上了一杯香槟。当我涂完口红，一根吸管又被送到了我的面前，防止我在喝饮料的时候弄花口红。之后我发现，他们似乎想用酒精来让我放松，从而获得更好的镜头效果。我心想，如果《世界时装之苑》的那些家伙当年也能用这招该多好。现在，尽管我仍旧觉得自己在镜头前的表现很蠢，但是我的拍摄经验好歹也算丰富，如果表现不尽如人意的话，在我前面拍摄的家伙也不会好到哪里去。更何况，“久经沙场”

的我至少还知道在拍摄那天究竟该穿什么样的内衣。

那天的拍摄很正式，我比以往都要紧张。拍摄现场的工作人员有十几个，面前的各种机器一字排开，那阵势就像詹妮弗·劳伦斯在拍《走进好莱坞》（*Access Hollywood*）似的。

当我在试穿第一套装扮的时候，发现鞋子太小了。

一位在场的造型师对我说："或许你可以挤一挤。"

于是助理立刻就送来了丝滑的女士连裤袜，方便我把脚塞进鞋子。

她说："我会固定住鞋子，你用力把脚放进去。"我站了起来，身边的一个人赶紧过来扶住我的手。在他们俩的帮助下，我快步走向了拍摄场地。此时的我已经打扮完毕，在满屋子陌生人的注视下无所遁形。他们发现了我造型的笨拙和僵硬，所以站在摄影机后面给我一遍遍地演示动作。

第一套拍摄完成后，我立刻换装，穿上了一双凉鞋。然而因为之前的鞋子实在太小，我的脚已经被挤得发红了。

"等一下，她的脚已经发红了。"制作人发现了这个问题，暂停了拍摄。"你先站着别动——帕特里克！"她接着把化妆师叫了过来，"看见她的脚了吗？那些红色的地方？你可以搞定吗？"

帕特里克拿来了最白的一款粉底，二话不说就趴在地上开始遮掩我脚上的红色印迹。

"我觉得这样应该就可以了，剩下的我们可以做后期的时候修一下。"她说，"修图真是救命的法宝啊！"

我觉得自己侮辱了化妆师。毕竟我又不是詹妮弗·洛佩兹，我不需要有人为我的脚"化妆"，更没有那个资格让别人俯伏在我的面前。然而这件事情本身却向我揭示了一个道理，对很多埋头苦干的时尚工作者来说，默默无闻只是暂时的，金子总有发光的一天。

接下来的许多年里，我虽然陆续又接到了很多拍摄邀请，但再也不会有人趴在我面前，为我的脚涂抹粉底了。然而我唯一确定的是，那位名叫帕特里克的化妆师，即将在美国精彩电视台拥有一档自己的真人秀节目。

You and Me

A dress to remember

我 和 你

一份备忘录

Tales from the back row:
an outsider's view from inside the fashion industry 

一个周六的下午，DKNY的时装秀刚刚结束，我坐在一辆黑色的私人豪车上，身旁就是*Cosmo*的主编乔娜·科尔斯（Joanna Coles）。时逢九月，又一个时尚周拉开了帷幕。杂志的时尚总监艾亚（Aya）就坐在车子的前排，我们准备一起去切尔西附近的餐厅吃饭，顺便讨论一下麦莉·塞勒斯（Miley Cyrus）。几天前，我刚刚成为*Cosmopolitan*网站的编辑，肩负着将其发扬光大的重任。这也是我在世界顶级出版公司赫斯特集团工作的第一个季度，*Cosmo*正是它旗下的杂志。既然我有了这一重身份，这次的时装周之行一定不会像以往那样憋屈。这是我一直以来都梦寐以求并为之不懈奋斗的事情。可是当这一天真的来临时，我却已经置身事外，就好像逃离一场不久前刚刚展现过自己尴尬舞姿的枯燥派对（许多时尚人士的舞技都很差劲——因为身材瘦弱的缘故，他们一旦走下舞池，就像一群老年人喝醉了酒）。

· · ·

在入职*Cosmopolitan*网站之前，我还在*BuzzFeed*工作了十八个月。那时候的*BuzzFeed*网站还处在草创的阶段，致力于分门别类地为读者提供便于分享的图片信息。所以我的时尚之路在当时变得格外艰难。一连好几个季度，我都被挡在时装周的大门之外。这时，幡然醒悟的我开始怀念那些和时尚有关的日子了。我想念秀场后排的座椅，更想念时尚圈里的奇人轶事。在那个光怪陆离的世界里，我们拥有共同的话题。

乔娜完全理解我重返时装周的执念。在来到*Cosmo*工作之前，风趣机敏的她曾经是《嘉人》杂志的主编，时尚地位足以比肩安娜·温图尔。不过乔娜的个性却与安娜大相径庭。她非常平易近人，即便和她面对面地就餐交流也不会让人感到丝毫压力。和乔娜一起采访的时候，她绝对不会像安娜那样对你的衣着吹毛求疵，反而还会报以赞美。每次一进乔娜的办公室，我就会把当天的采访提纲交给她过目，而她则会为我的想法击节叫好。

乔娜是热衷于皮裤的时尚达人，也是雪莉·桑德伯格[1]（Sheryl Sandberg）的好友。因此她不仅对时尚了如指掌，还对政治问题保持着高度的关切。每当时装周来临时，乔娜都会贴心地要求我参加“所有重要的时装秀”。有时候，主办方把我的位置安排在她后面一排，乔娜甚至会要求主办方调整座位，把我安排在她的身旁，和她一起坐在时装秀的前排。在时尚界摸爬滚打了六年多，我终于从秀场的边缘，一步步跻身前排，与行业里最受人爱戴的编辑谈笑风生。事实证明，我母亲天天挂在嘴边的老话是正确的：天道酬勤啊。

那天我们坐在车上，乔娜问起了我九个月后的婚礼。经过这么多年的风风雨雨和耳濡目染，我的未婚夫里克也已经逐渐接受了时尚界的种种怪事。

这时候，艾亚坐在前排问道：“你决定好穿什么了吗？”

这是女人们在听到有人要结婚的消息以后的第一反应。因为我们这辈子只有在婚礼那天，才能真正成为万众瞩目的焦点。对很多女人来说，唯有在结婚的时候，她们才可以骄傲地告诉世人：“我才是今天的主角，拜倒在我的裙下吧！”

我根本不知道自己该穿什么，只能无奈地说：“这么多婚纱简直把我给吓坏了。”我很喜欢看一些有关婚纱的真人秀。不过坦白说，很多婚纱穿起

---

1 雪莉·桑德伯格（Sheryl Sandberg），1969年8月26日出生于华盛顿。曾任克林顿政府财政部长办公厅主任、谷歌全球在线销售和运营部门副总裁。现任Facebook首席运营官。——译者注

来简直就像厕所里揉皱了的纸。可是除此之外，我只剩下一个选择，那就是用白色的蕾丝把自己裹成一个珊瑚礁。

我发誓，婚礼的时候绝对不会穿成那样。然而，现在婚庆行业的审美趣味普遍奇葩又俗气，我离经叛道的想法似乎是在痴人说梦。为了达到博人眼球的目的，如今所有的婚纱都在向《美国周刊》（*UsWeekly*）封面上的明星婚纱看齐——但求最贵，不求最美。新娘们都想要一条能够让她们看起来与众不同的长裙，于是其中一些人就选择最大、最“吸睛”的礼服来达到这一目的。其他人（希望这些人里也包括我）则渴望能够不同于时俗。

于是乔娜对我说：“你可以给安妮·弗伦怀特（Anne Fulenwider）打电话，听听她的建议。”

安妮也是我们的同事，她最近刚刚成为赫斯特公司下属《嘉人》杂志的主编，之前曾经执掌《新娘》多年。万万没想到，我居然能和纽约最顶尖的主编坐在豪车上讨论自己的婚纱，而且她还建议我打电话咨询这个世界上最负盛名的婚庆专家。我心想：“要不然索性再给凯特王妃打个电话，问问她的皇冠是从哪里买的，我也弄一个去参加自己的单身派对。”能在赫斯特工作真是好处非凡。除非受邀参加一些我宁死不去的电视真人秀，不然我肯定无法获得这样的婚礼建议。

· · ·

购买婚纱绝对能让人心花怒放。由于不是时尚大牌的常客，所以我暗暗发誓：这是我此生唯一一次穿婚纱的机会，所以绝对要不惜一切代价，买到自己最心仪的礼服，只为了在婚礼的现场惊艳那一瞬。对包括我在内的大多数女性来说，我们的人生并不像《Vogue》的照片上那样光彩照人。我们更换不同的衣服，只不过是为了应付不同的场合。对时尚精英、模特，或者时尚大牌的常客来说，一件售价四五位数的衣服只不过是偶尔穿几个小时的装饰而已。但对于我们这些普通人来说，婚礼是唯一可以为了美丽不计价格地任性一回的机会。

每当提起婚礼，婚纱一定是女同胞们眼里的重中之重。不论这婚纱是属于她自己的，还是她闺蜜的，抑或是她男朋友哥们儿的妻子，甚至是电视的真人秀里的，只要看见婚纱，女人们就一定会为之沦陷。

婚礼长裙一般都会比高端时尚的标准看起来更加“正常”一些。一场和婚庆无关的高端时装秀上可能会出现袖子长到地面的长裙，或者看起来像护腿一样的头纱。与此同时，一些婚庆品牌也会有自己的时装周（按照惯例，婚礼长裙会在高端定制秀的最后压轴出场。不过渐渐地，这些长裙变得越来越奇葩，而且价格贵得离谱，大概只有阿拉伯皇室能够承担得起）。婚纱与其他时装的分离意味着人们需要花更多的时间眼花缭乱地进行挑选，直至审美疲劳。

（我发现并不是所有人都认可我对婚纱的观点，女权主义者们一定会指责我把婚纱看得太重要了，仿佛一个女性的价值都由她的婚纱决定似的。我当然同意她们的说法，女性的价值不应该由婚纱定义，我们还有自己的职场生活。尽管如此，我还是要“不顾廉耻”地表达自己对婚纱和婚礼的痴爱，因为我爱美啊！我也爱漂亮衣服啊！这是我的兴趣所在，和很多人对橄榄球的痴迷并无二致。我既不热衷于体育赛事，也不看电视连续剧，难道还不准我喜欢打扮自己了？）

在时尚圈打拼了那么多年以后，我看过了无数的走秀，精读过不胜枚举的高端时尚杂志，研究过街拍明星的时尚穿搭，并且与这么多赫赫有名的编辑和造型师共事，终于悟到了一些时尚的诀窍。我已经不再是到哪儿都是同一身高中打扮的小妞了，我要用我亲自挑选的婚纱证明这一点。我理想中的婚纱应该是优雅端庄的，最好还有一些亮晶晶的装饰，而且考虑到我们的婚礼将在我未婚夫爷爷奶奶的海边别墅里举行，所以婚纱还必须要应景。为那些大牌服饰写了那么多年报道，我自己的婚纱又怎能不时尚？我这辈子可只有这一次舍得花大价钱买一件真正的时装——光彩照人的晚礼服！外加长长的裙裾！而且我还决心展现自己不为人知的那一面：与其穿成维多利亚时代的桌布，不如把自己打扮成冷若冰霜的音乐家比约克（Björk）更合我意。

我朋友塔拉的时尚品位无可挑剔。她曾经在我去《Vogue》面试前陪我逛街挑选鞋子，如今她又给我的婚礼提了新的建议。她觉得我可以试试凯特·摩丝（Kate Moss）婚礼时穿的那种婚纱。我去《Vogue》杂志上找了找，最终发现了那张梦幻般的照片：新娘处在画框的边缘，婚纱的设计师约翰·加利亚诺（John Galliano）站在她身后，掀起了她的头纱（不久前，英国小报爆料约翰有反犹主义倾向，他也因此被Dior解雇）。没想到这个世界上最富有时尚精神的女性，在自己的婚礼上却选择了最朴素的设计。她的长裙看起来就像一袭合身的波西米亚睡袍，薄纱似的表面上还点缀着一些闪亮的饰品。这就是我梦寐以求的风格，如此精心雕饰，却又偏偏不着痕迹。杂志的编辑和摄影师费尽心机地让这些时尚大片看起来既炫目华丽，又不拒人于千里之外，最后还要让人觉得他们不费吹灰之力就能做到。这当然是天方夜谭。以我自己为例，为了在时装周上拍摄一组照片，光是准备衣服就花了我一周的时间。

为了更好地研究婚纱，我首先预约了新娘沙龙。在纽约，新娘沙龙非常抢手，很多人长途跋涉赶到这里，只为了到Kleinfeld专卖店亲眼看一看《我的梦幻婚纱》（Say Yes to the Dress）这部真人秀里出现过的礼服。这意味着Kleinfeld专卖店的周末常常人满为患。所以我决定跳过这个选项，挑选一些没有上过真人秀的品牌。

（我刚刚决定结婚的时候，第一反应就是报名参加《我的梦幻婚纱》。不过最后还是放弃了，毕竟要想申请到一个上节目的机会，比申请一所大学还难）。

我一直觉得自己婚礼的场景应该会像安妮·海瑟薇（Anne Hathaway）那部红极一时（惨遭非议）的电影《结婚大作战》（*Bride Wars*）里那样：婚礼现场有为来宾准备好的香槟，而且空荡荡的商店里只有我和我的家人。然而很快我就发现，真相并非如此。

挑选婚纱的时候，我们首先去了Gabriella in SoHo。刚一进店我就坚持要求店员推荐一些朴素的婚纱。

我对店员说："我想要凯特·摩丝穿过的那种婚纱。"

于是她便领着我穿过了一排排的衣架，一边不停地把她认为合适的长裙挑选出来，一边向我解释说店里不准顾客自己拿取衣物。我想要物色一件婚纱，但又偏偏不能自行取用衣物，难道一个成年女性在看到婚纱的时候会失去理智到损毁婚纱的地步？所有和婚纱有关的接触都必须非常小心，而且能免则免。我想大概是因为婚纱确实价格不菲，店里可供挑选和试穿的库存本来就不多，所以他们格外担心举止轻率的新娘们会不慎玷污婚纱。这种担心也并非无稽，毕竟若非如此，所有人都可以走进高档专卖店，随意"蹂躏"价值连城的婚纱。

正在这时，店员突然发问："您喜欢蕾丝吗？"

我回答说："有一点蕾丝就行，不要像凯特王妃婚礼上穿的那样。"

挑选完了以后，店员陪我一起进入了试衣间。她一边看着我脱衣服，一边开始询问我的基本情况。

"您是从事什么工作的？"

我当时脱得只剩下内衣和一条紧身的牛仔裤。

"我是媒体人。"

我单脚站立，艰难地脱下裤子。毕竟要在别人面前宽衣解带可并非易事。

她拿出了第一条裙子给几乎一丝不挂的我试穿。

"是在杂志社工作吗？"

"是的，我在*Cosmo*工作。"

我艰难地在镜子前调整着角度，心里暗暗想着：如果这时候能有一杯香槟就好了。

这真是一个特殊的时刻。此前，所有的人都会给你灌输这样的观念：当你穿上婚纱，身边的女性都会因你而热泪盈眶。而且母亲们是最"应该"哭的，不光是因为她们非常感性，更因为她们常常会为婚纱高昂的价格而肉痛。

打扮停当之后，一个念头在我脑海里闪过："所以我该不该哭？"那一瞬间我明白了，如果我妈妈哭的话，我估计会陪她一起哭。

我离开了试衣间，走到镜子前。结果我妈的表现出乎我的意料，她并没有激动地落泪，反而说："这看起来像一件睡衣。"我的姐姐则在一旁哈哈大笑。

你能想象自己在婚礼上不穿婚纱，改穿睡衣吗？婚纱店之所以敢漫天要价，并不仅仅因为这些婚纱的设计非常时尚，更因为它们代表着别具一格的婚庆时尚。毕竟人这一生只有一次婚礼。可是我精挑细选的结果居然是一件睡衣。我当然已经不再是初中的小女生了，可时尚品位却还是没有我想象中的那么好。

店员立马打起了精神，一面谨慎地保护着婚纱，一面建议说："要不再试一些其他的？"她又拿出了一条高腰的鸡心领A字裙。我同意了。

我妈妈对这条裙子非常满意，因为它至少看起来不像睡衣。不过我更喜欢既合身，又不那么束手束脚的裙子。

"嗯，穿着这条裙子走路都困难。"我蹒跚地挪了几步以后，沉着脸说。与此同时，我身边的另一位女士正在试穿一条昂贵又风骚的Jenny Packham长裙（你一定知道这个家伙，她为凯特王妃设计了好几套晚礼服），活像一盏人形大吊灯。我在欣赏这个女孩从头到脚都闪闪发光的长裙时，突然觉得她其实可以穿得更美——至少得穿得人模人样吧。

看着她的打扮，我和姐姐面面相觑：原来花八千美元并不一定能够获得与价格相应的美感。每个看过*Bravo*电视台的人都懂。当人们踏进商店以后，发现了自己心仪的商品，掏出标牌一看，就开始暗自大骂："别开玩笑了，这货居然要卖这么贵？"

我妈对我挑的那些"睡衣"嗤之以鼻，所以我又随意看了看Marchesa的长裙（当然没有违反婚庆店的规矩：绝对不能亲自上手接触婚纱）。由于经常在时装周和红毯上看到这个品牌，所以我对它了如指掌。Marchesa的服装通常精致华丽，而且价格昂贵。它富有时尚气息，却又绝非奇装异服。很多达拉斯和圣地亚哥的女士们都喜欢穿这个牌子的衣服出席一些半正式的场合。然而可惜的是，专卖店里的婚纱看起来和之前遇见的"人形吊灯"并无二致。我姐姐已经对这些玩意儿失去了兴趣，我妈妈也只是不停地重复着一句话：“我女儿喜欢就好，她自己决定。”

在离开之前，我再次穿上了自己心仪的那件“睡衣”。我妈妈则一脸无奈地重复着之前的话：“我不觉得这有什么，她自己决定了就行。”

最终，我沮丧地离开了。

我对我的家人说：“我真的讨厌这些婚纱，最后一定买不到自己心仪的东西。”

妈妈只好宽慰我：“别着急，我们这才只去了一家店呢。”

我固执地说：“婚纱都这么丑，我才不可能找到自己喜欢的。”

有婚庆报道曾经做过市场调研，平均每个新娘会在婚纱这一项上花费超过一千二百美元。这也就意味着每年婚纱的销售额都能高达二十五亿美元。对包括我在内的很多女人来说，即便囊中羞涩，我们也会不计价格地买下自己中意的婚纱。诚然，我们有时要用自己现有的衣服解决一些实际的需要，比如明天就有一个面试，但是已经没时间去寻觅一套完美的衣服了。不过婚礼这种事情一般人都会提前着手准备，所以绝不在此之列。而且人们准备一件事情的时间越长，就越期望它完美无瑕。毕竟这是你一生的回忆，所以必须做到万无一失。

· · ·

接下来，我又得去赴约了，不过这次是因为工作，而非婚礼。我即将去采访切尔西·汉德勒（Chelsea Handler），和她聊聊她最近刚刚出版的关于旅行的新书，并为*Paper*杂志撰稿。我是她的忠实书迷，拜读过她所有的著作。她幽默机敏又特立独行，而且从不在意别人的眼光。因此这次采访对我来说是一个千载难逢的机会，即便当时的我正在挑选人生中最重要的一条长裙。话说回来，切尔西毕竟是地位非凡的大人物，所以会面的时间并非由我掌控，而是听凭她的安排。几个星期前，我就开始等待采访时间的最终确定。我当天把妈妈和姐姐送走，让她们自己找地方解决午饭，然后就直奔四季酒店（Four Seasons）。切尔西在中午的时候牵着两条大狗如约而至。刚一落座，我就准备开始热聊，而她则给我们俩点了些喝的。

“两杯玛格丽特（Margarita）。”她选了个靠后的位置坐下，两条大狗就静静地躺在我们的脚边。

“加点盐。”我对服务生补充道。

切尔西打开了话匣：“这地方的玛格丽特酒很有名，我要让助理向他们请教请教。我觉得自己已经渐渐开始变成詹妮弗·洛佩兹那样的人了。”

根据我的经验，生活中的喜剧演员总比荧幕上的他们还要幽默。切尔西也不例外。我那天什么东西都没吃，所以一杯玛格丽特下肚，我的脑袋就立刻晕晕乎乎的了。如果每周五的下午可以不待在办公室的话，我就想这样静静地消磨时间。

“两年前，我们闺蜜六人去非洲玩了两个星期。那是一次说走就走的旅行，我们去了博茨瓦纳（Botswana），接着又参加了大象观光团——这是这个旅行中最差劲的部分。”她向我介绍着自己的经历，“在那趟旅程里，我简直喝完了这辈子所有的酒。因为我在观光的全程都只能百无聊赖地坐在车上，不仅不能舒活舒活筋骨，甚至连走路都被禁止。因为外面都是野生动物，所以不能下车，唯有喝酒。”

服务生过来收走了杯子。切尔西问我有没有什么想吃的，我便点了一份鸡肉沙拉。于是她也要了同样的午餐。

她对服务生说："再来两杯玛格丽特。"当时的我已经有些微醺，不过我倒是很享受那种感觉。

切尔西从自己的书里挑了几页，笑着说："这是我在船上往外尿尿的照片；这是在博茨瓦纳的吉普车上尿尿的场景。我的姐姐和表妹也这样做了，真是疯狂。"

不过此时此刻最让我感到疯狂的倒不是切尔西她们的行为，而是我自己的生活。真没想到我居然在买婚纱的间隙得以跑出来和切尔西·汉德勒谈笑风生，而且在她助理的眼皮子底下和她把酒言欢。真是人生如戏！

大概八年以前，我刚刚从一个我并不喜欢的职位上被扫地出门。彼时的我一穷二白，苦苦地为生计而挣扎。那个在无数不眠之夜辗转反侧，绝望地以为自己是个失败者的女孩何曾想过自己会有如今的生活？

"人生真是荒谬。"切尔西继续说道，"我现在已经被这么多助理宠上了天。衣来伸手，饭来张口，我变得越来越像个孩子——而且看不到尽头。"

这就是身穿高端时尚服饰的明星们和普罗大众（甚至包括新娘）的区别。当一个明星想要打包所有的重要物品和衣服的时候，他的穿搭和选择都会由时尚品位无懈可击的专业人士一手包办。明星们有机会获得最好的衣服、鞋子和首饰，甚至还能由专人送货上门。这也就意味着明星根本没有逛街的必要。

席间，我把自己从买婚纱的间隙抽身出来赴约的事情告诉了切尔西。她礼貌地问了一些有关我未婚夫和婚礼的事情，然后话题就渐渐转到对待婚姻的态度问题上去了。

她说："我觉得至少要有过两段以上的感情经历以后才能谈婚论嫁。很明显，你现在并不适合结婚，继续保持男女朋友关系不好吗？我觉得那反而是男女关系中最好的状态。至少对我来说是这样，因为我目前还不想结婚，也不想要孩子。"

我为婚庆时尚行业的极端状况而心生不忿，而她则将批判的矛头指向了整个时尚行业。

她接着说道："两年前我曾经参加过Met Gala盛会，当时我在现场就开始怀疑人生了：'我到底为什么要来这个鬼地方？'活动的主题不明不白，不过好在我也并不关心。安娜·温图尔看到我穿了一双摩托车靴，就露出了一副嫌弃的神情。我心想：'管他呢，我就是要穿摩托车靴。至少这样的话，他们以后就不会再邀请我了。'"众所周知，切尔西对时尚颇有微词（上帝保佑），可还没有哪一个女明星有种在记者面前说Met Gala糟糕透顶，更何况她还知道这个记者正在录音！当然，格温妮丝·帕特洛（Gwyneth Paltrow）在此之前也曾经对记者说过自己不喜欢Met Gala，不过她是在毫不知情的情况下被录音的。

切尔西的看法无疑是正确的。Met Gala就是一群时尚人士不知所谓的狂欢。时尚圈内的人常常对此浑然不觉，因为对他们来说，出现在Met Gala和坐在时装周秀场的首排是同等的荣耀。如果说这世界上哪一场时尚盛典有"负排"，那一定是Met Gala了。

酒过三巡，我蹒跚地走到大街上，准备到人行道旁打车去Monique Lhuillier。

我开始给姐姐发信息："采访结束，马上就到。"

到婚纱店的时候，我的心情已经好多了。店员看起来非常忙碌，我抱歉地对她说：“对不起，我迟到了。”

“没错，你还有四十五分钟的时间。虽然你预定了一个小时，但是之后还有一场非公开的时尚表演（trunk show），我们实在是挪不出时间。”

所谓的非公开时尚表演只是一个好听的名头罢了，这不过意味着那些富有的顾客可以在这里享受到全场八五折的优惠。

她问我说：“你想要找什么样的婚纱？”

我一边走上精美的楼梯，想看看二楼的长裙，一边回答：“简单点的就行。”

正当她在替我挑选婚纱的时候，我补充道：“你知道吧，就是像凯特·摩丝结婚时候穿的那种。”说完，我又转过头去向妈妈和姐姐汇报说：“我刚刚喝了三杯玛格丽特。”

一听这话，我妈妈立刻闭上了眼睛，一脸生无可恋的表情。

这里的大部分婚纱都是蕾丝的，而且没有肩带。店员给我安排了一间大屋子，里面有一个为我准备的换衣台，四周都是巨大的镜子和少女模型——简直就像我的私人玩具屋。整个房间非常宽敞，我的妈妈和姐姐也可以陪我一起待在里面。这回我的“脱衣舞”可真算是有观众了。借着玛格丽特的酒劲，我也不管三七二十一地就开始换衣服。

我穿上了一条风格朴素的无肩带长裙，外边裹着一些闪着金色微光的蕾丝。“这件真的不错。”我满意地说，“它很漂亮。”事情似乎渐渐开始往好的方面发展，至少这条裙子的蕾丝看起来不像结晶了的盐。

店员还在我的腰上系了一条闪亮的腰带，说：“你也可以这样穿。不过如果觉得太花哨的话，腰带可以不系。”在买婚纱的时候，随随便便加一个大牌饰品就意味着要再多花一千美元。即便这个饰品只不过是一条镶了水钻的丝带，或者一块带有头饰的薄纱（这玩意儿也叫头纱）。很多婚庆设计师都明白，既然人们为了自己这一生只有一次的光辉时刻，已经决定要花一万两千美元买一套婚纱，那又怎么会在意这些饰品的“小钱”呢？

我身穿蕾丝长裙醉醺醺地站在原地，仿佛看到了自己出嫁时的情景。我的妈妈和姐姐也觉得这条裙子非常漂亮。店里的其他新娘看到我这一身扮相之后，纷纷想要试穿那件婚纱。我觉得自己成为了万众瞩目的焦点。不过事实证明，喝酒的确误事。事后，我似乎把这一切都给忘了。

我们写下了有关这条蕾丝长裙的细节，然后奔赴下一个预约地点，那是一家自称能够打造“另类新娘”的婚纱店。关于这家店的细节我就不再赘述了，用我的一位时尚编辑朋友的话来说就是：“那家店的东西和*Esty*网站上卖的差不多。”

当天晚上和未婚夫出去吃饭的时候，我让他猜猜今天买婚纱的进程。

他说：“我觉得你肯定没找到自己喜欢的婚纱。”

“我简直讨厌那些店里所有的婚纱。”我抱怨道，“婚礼真的太麻烦了，难道我和你结婚的时候必须在身上裹上床单和皮带才行吗？我到时候要打扮得像小美人鱼一样。”

我姐姐吃惊地说：“什么？我还以为你很喜欢Monique Lhuillier的那套婚纱呢。”

“我现在不喜欢了，我讨厌所有的婚纱。”

“可是你在婚纱店里的时候不是说自己很中意吗？你一直在说那套婚纱的蕾丝有多漂亮。”

我说：“别忘了，我当时可是喝醉了。”

这时候，我妈妈开口了：“我就知道会是这样。”

在我妈妈和姐姐离开之前，我还有一天的时间去挑选婚纱。如果没有她们的陪同，光靠我自己显然是不可能完成这个任务的。毕竟我的朋友们绝对没有家人那样的耐心。

第二天上午，我们早早地起床，奔向纽约上东区时尚界的圣地：Bergdorf Goodman。那里的婚纱服务从来都是零差评的，所有的幻梦仿佛都能在那里成真。

店员提醒我们说："您只有一个小时的时间，而且不能延长。因为我们这一整天都有预约。"

一个小时听起来似乎很长，但是如果要试完所有心仪的婚纱，至少要花三个小时。所有的长裙都异常华美，第一轮逛下来，我至少从衣架上取下了十五套婚纱。

突然之间，我感觉一切皆有可能。我仿佛化身《欲望都市》中的莎拉·杰西卡·帕克，为了《Vogue》的婚庆摄影而试穿价值百万的婚纱。唯一的区别只不过是我在现实中试穿的婚纱并没有那么华美，反而好似一床大号的羽绒被。

所有的店员都极尽褒奖之能事，不断地对我献上吹捧和谄媚（好像我需要似的）。

我试穿的第一件衣服是Monique Lhuillier一件带紧身胸衣的薄纱A字裙，但是之前在专卖店的时候没有发现。

我大声地说："我喜欢这套婚纱。"

我妈妈问道："要多少钱？"

店员回答："一万两千美元。"

一听这价格，吓得我妈妈一口回绝："算了，不要了。"

于是我也只能暗暗自我催眠："没关系，我不喜欢。"

当我穿上伊内斯·迪·桑托（Ines Di Santo）设计的无肩带美人鱼礼服的时候，正在帮我更衣的店员脱口而出，说道："我去把设计师叫来，她今天正好在店里。"

事出凑巧，伊内斯那天在店里参加一个非公开的时尚表演，而且我姐姐的婚纱也是她设计的。她的出现不光意味着折扣，还意味着我的着装可以得到她本人的评点和建议。这时，伊内斯出现了，她染了一头波浪卷金发，涂着大红唇和眼影，说着一口意大利腔调的英语。

她一踏进店家为我准备的"闺房"就说："我的天，你穿这身衣服实在是太好看了——这位是谁？是您的母亲吗？"

我当时激动万分："对，这是家母。还有这位是我的姐姐盖尔（Gail），她当年结婚时穿的婚纱也是你设计的！"我觉得自己简直就像遇到了救星。

我姐姐也不无遗憾地说："如果我现在有当年的照片就好了。"她的年纪比我大，所以她结婚的时候，自带摄像头的手机并不普及。

伊内斯把我领到了另一组设计精美的婚纱前，对我说："你一定要试试这些。"

"喜欢蕾丝吗？你应该试试这个，这件很漂亮。"她一边说着；一边取下样品，让店员送到我的更衣室。"不是所有人都适合这件，不过我觉得它和你很搭。"伊内斯再次取下了一件有蕾丝边和闪亮装饰的长裙，嘴里不停地念叨，"还有这件，穿上了一定引人注目。"她的热情让我觉得自己简直变成了缪斯女神，不过也有可能她对每个顾客都那么上心。

接着我又试了那件蕾丝边的闪亮长裙，穿上以后感觉非常性感，不过可能不太适合婚礼的场合——换句话说，我妈估计不太能接受。这条裙子的领口低得都快到肚脐眼了，而且裙摆的长度也不够，走起路来总是会露出膝盖。又因为它是一件T台上的样品，所以穿在身上简直就像保鲜膜。

伊内斯领着我在店里转了几圈，惊叹道："这件的款式非常性感，真不错！"

这套婚纱的确很惊艳，不过都快跟裸体没什么区别了。如果我对婚礼没有什么不切实际的幻想，仅仅是想不穿错衣服的话，这套婚纱倒的确是差强人意。

当我们回到房间的时候，店员询问我母亲的意见："您觉得怎么样？"

于是我妈又开始了那一番论调："反正又不是我穿，她喜欢就行。"

"您是不是觉得有点过于性感了？哈哈，没关系，我们可以再试。"

接下去试穿的就是那条裙摆超长的婚纱。这条长裙穿起来倒是不怎么费劲，就是穿上以后寸步难行。

我对店员说："我不知道穿上这套婚纱以后我是不是还走得了路。"于是她牵着我的手走下了换衣台，领着我走出了试衣间。

"这套婚纱真是太美了。你觉得怎么样？还行吗？"

"好看归好看，但是穿着这套婚纱行动实在是太不方便了。"

我决心在这一个小时里尽量保持和善的"女神"形象，所以不想过多地吐槽她设计的长裙。只见她走上前来牵着我的手说："来，其实你还是可以走出去的。"我们走到了一个售卖家居用品的地方，那里也有一面巨大的镜子。我从镜子里看到了姐姐脸上惊恐的神情，这才猛然发现自己超长的裙摆就快把一个巨大的装饰碗碰翻了，那玩意儿可是价格不菲啊。

这时，房间里响起了姐姐的尖叫声："当心！"我受到了惊吓，赶紧拖着长长的裙摆，尽快退了回去。时光飞逝，我们在Bergdorf Goodman的预约时间马上就到了。此时的我已经有好几个心仪的选择了，店员也帮着记下了这几套婚纱。这也意味着这段如梦似幻的时光走到了尽头，我将再次被“贬下凡尘”。

一番折腾之后，理智最终还是战胜了冲动，毕竟我最后可是要穿着这一身昂贵的婚纱出现在婚礼上的。而一旦我投入不菲，就必须要物有所值。也许真正完美无瑕的婚纱此刻正静静地躲在某个世界上最奢华的商店里，又有谁能知晓？

· · ·

之后，我们又去了Reem Acra的展销厅（showroom）。根据我事先对婚纱的研究，比起一般的实体店，没有店面的展销厅反而更有可能成为奇迹的发生之地，让你得以找到心仪的婚纱。Reem Acra位于第五大道的一栋写字楼的二楼。这栋灰不溜秋的大楼虽然外表看起来平淡无奇，但当你进入展销厅的时候就会发现其中别有洞天：不仅有员工递上茶水让你稍事休憩，现场还静静地播放着Reem Acra最近时装秀的视频。入口不远处就有两件宽敞的屋子，里面便是琳琅满目的华丽礼服。薄纱、蕾丝和亮片一同构筑了这一方女性的天堂，并让每一个进门的顾客都自惭形秽。

一位金发碧眼的店员负责招待我们。我告诉她我想要朴素并且合身的婚纱，最好还有带有一点点蕾丝和亮片。她明白了我的意思以后，立马开始了挑选。

“这是时装秀上的样品，所以有点旧。不过它设计简洁而且还带有一点蕾丝和长长的裙摆。”说着，她把那条长裙拿了出来，我也同意试试。接着，我又自己挑了几套：一条无袖且带水钻和蕾丝的长裙，一条胸衣部分有银色亮片的灰姑娘裙，还有一条裙摆飘逸的长裙。

姐姐在一旁提醒我：“这不是你要的风格。”

我说：“我知道，不过这至少不会被我妈当成睡衣。”更何况，如果不趁此机会多试几套的话，可能我一辈子都不会有那个机会了。毕竟我不是《魔法奇缘》（*Enchanted*）里的艾米·亚当斯（Amy Adams）。而且即便是像我一样玩世不恭又铁石心肠的纽约记者，也会被眼前的华服冲昏头脑，更何况这些亮晶晶的衣服本来就是我的“死穴”。

店员和我一起进入了试衣间，这意味着接下来的一个小时里，我又得在陌生人面前衣不蔽体了。不过事到如今，我也早已“死猪不怕开水烫”了。第一个试穿的就是那件时装秀上的旧长裙，胸前的蕾丝不对称地坠成一张薄纱网，裙子的背后裁剪得很低，前后的搭配相得益彰，外加一段不长的拖裾。

不过由于这条裙子是时装周的样品，所以我穿起来显得有些紧。好在裙子本身早就有点轻微的撕裂，这样的话，即便崩开也不会怪到我的头上。我离开试衣间，走到镜子前仔细地端详。

我歪了歪头，心想：为什么这条裙子看起来有些特别？它好像刻意不与其他裙子争奇斗艳，似乎有一种静水深流的力量。的确，这条裙子非常与众不同。我和它的相逢仿佛是命中注定，它静静地等待着我的到来，而我则一直苦苦追寻着它的身影——就是它了。

我开口了：“我觉得——”我的母亲和姐姐都觉得我会放弃这条裙子，而且她们内心也是这样期望的。没想到我接下去说：“我觉得我非常喜欢这条裙子。”

姐姐当时就傻眼了：“什么？”

我妈妈也相当吃惊：“我一整天都没听你说过这句话。”

“不，我觉得我是真的很爱这条裙子。”我坚定地说。

“您准备再试试头纱吗？”店员趁机问道。（当然了。）

她替我戴上了头纱，介绍说：“这个款式和您裙子上的蕾丝很搭。”

头纱很长而且美轮美奂。我之前还曾经想过不戴头纱，如今看来真是可笑——头纱简直意味着一切！更换头纱比试穿长裙有趣多了，因为头纱让人看起来更像是一个新娘，而且没有长裙那么夸张繁复。我开始四处走动，试戴头纱的效果。我妈妈则在一旁用手机记录下这一切。试穿婚纱就像一场成年人的钢琴独奏，母亲此生绝不会像此刻一样渴望记录下这一个瞬间。

正当我穿着婚纱大摇大摆地四处走动、自我欣赏的时候，一位身材娇小、打扮时髦的金发女郎背着她的Longchamp包走进了房间。

她对负责接待她的销售说：“我已经去了十八家商店，我的六个伴娘都和我一起来了。可是我们仍旧一无所获，所以我决定一个人逛逛。我上周的时候来过这里，回去之后我仔细思量了一番，还是决定再回来看看。”

我听得瞠目结舌，心想：“我的天，她居然让六个人陪她一起买婚纱？还去了十八家店？如果每一家都试穿七条长裙的话，总共就是一百二十六条啊！这个姑娘试穿了超过一百套婚纱，居然还是没找到心仪的。”

我回到了自己的试衣间，换上了之前挑的灰姑娘裙。这条裙子也独具特色，魅力非凡。

我在镜子前仔细打量了一番，说：“这一条也很好。”

姐姐同意我的看法：“真的很美，绝不会有比这条更好的了。”

就在这时，店员问我说："你想试试和它搭配的另一条裙子吗？可以罩在上面"。

什么？居然还有那么一条秘密的裙子？当然要试！

和很多其他地方试穿婚纱的体验不同，Reem Acra的经历出人意料地令人觉得愉快。这里的婚纱不会喧宾夺主，它们会把你衬托得光彩照人。我在这里试穿了各种各样的裙子，搭配了不同款式的头纱，来来回回大概有十五次之多。每套婚纱都非常合乎我的心意，让我一时难以抉择。

那位金发顾客也前来探查我的进度。

她说："这套真好看，你准备买这套吗？"

我回答说："不知道，我还决定不了呢。"

"这套婚纱很惊艳。"她的语气中有些不是滋味。很明显，她还不明白，如果只是一味地听从母亲和别人的建议，那就永远也找不到自己心仪的东西。

在"调戏"了一番灰姑娘裙上的亮片之后，我做出了决定，于是重新穿上了那条不对称的蕾丝长裙。

"我觉得这套更好，就是它了。"我斩钉截铁地说。我在青春期的时候就曾经只穿修身的衣服，现在是时候重回那些岁月了。如果同时有两条长裙摆在我的面前，一条是传统的款式，另一条则更修身而且华美，我觉得我一定会选择后者。我需要一条这样的裙子，它能让我在多年后回想起来的时候，满怀激动地说："我不知道我为什么会做出这样的选择，只是当时情难自禁。"

我再次戴上了头纱，并且对自己的装扮非常满意。妈妈则举起了手掌庆贺，此时无声胜有声。

我暗下决心："结婚那天我只愿意穿这套婚纱。"

最后的最后，我终于明白了时尚达人们在看到那些破洞连裤袜时，内心究竟是何等的澎湃。我的婚礼长裙是一件设计华美、别出心裁的产品。它对我来说意味着时尚——我的时尚。它拥有一条完美的裙子所应该拥有的一切，它让我成为了最好的自己。你当然可以把时尚视为一堆荒谬的废物，认为它应该被质疑，甚至被嘲讽和批判。但是你也可以从另外的角度看待这些服饰——无数充满激情和疯狂创造力的人们呕心沥血的杰作——可以让你变成一个更好的人，不论你是不是去过大商场、时装周，也不论你是否举行过自己的婚礼。

Reem Acra永远会在我心里占据一个独特的位置，一如我的婚纱在衣柜里占据着巨大的空间。

婚纱也将伴着我的记忆长存。

给有志于从事
时尚行业之人的
10条忠告

Tales from the back row:
an outsider's view from inside the fashion industry

时尚之路并非坦途，如果你无依无靠却执意前行，请把以下几条忠告牢记在心。

1.初出茅庐的时候，千万不能露怯，要把自己伪装成“老司机”。也许你确实对很多事情都一无所知，但在这个圈子里，傻白甜并不招人喜欢。**为什么这些人在室内都要戴墨镜？为什么九十位摄影师会围着一个把裙子穿在裤子外面的女孩儿拍照？**面对时尚圈所有怪事的时候，一定要装出一副云淡风轻的样子。可如果你实在是遏制不住自己的困惑和好奇，记得戴上一副墨镜，这样就可以偷偷地观望身边种种稀奇古怪的事情。

2.当你在时尚界积累了一些经验以后，一定不要以为自己已经看透了时尚的本质。曾经，时装秀上没有那么多人互相拍照，舞台上的服装也充满创意。可如今，忙于自拍与合影的人们充斥着秀场的每个角落，千篇一律的服装设计占领了时尚的高地。这时候，你能给所有人最好的回答便是：“我才疏学浅，不敢妄言。”即便社交媒体已经对时尚行业产生了颠覆性的影响，你也要对此视而不见，然后带上手机去参加时装周吧。

3.如果不知道穿什么衣服，那就尽量穿得简单点。你经常会和一些天赋异禀的时尚达人接触，这些人可不会穿着Elieen Fisher的大妈装出现，怎么也得是Givenchy秀场上那种引领时尚潮流的神装。你也许会回去尝试这种大师级的穿搭，结果发现根本不合适。与其这样，不如就简单地在风格活泼的单衣外穿上一件外套，配上一条低调的项链和牛仔裤，再穿上一双高跟鞋。这样穿着已经远胜一些奇装异服了。

4.如果你对自己的衣着真的感到万分困扰，那么选一身全黑的衣服就行了[1]。全黑的套装自带时尚感，大家会觉得你比起自己的着装，更加在意周边人们的衣着。而这正是时尚人士的标志。

5.不要过度地曝光自己。一旦你拥有了自己的社交媒体账号，就相当于拥有了“个人品牌”。许多人并不知道如何经营，所以只能在网上装出一副名流的样子，享受粉丝的爱戴。他们在众人的称赞中迷失了自己，增长了自恋的情绪，每天要把无数的自拍发到网上。但是！你没必要和他们一样！甚至没必要在网络上过多地谈起自己！如果你不愿意被曝光，那不如分享一些身边的人和事，或者给自己的宠物拍个照，还可以在网络上发些俏皮话和搞笑链接。毕竟你又不是卡戴珊（Kardashian）家族的一员。

6.天道酬勤。这句话对你来说也许早就是一句陈词滥调了，可我为什么还要特地再说一遍？事实上，很多人并不明白努力工作的意义。也许你常常会说自己已经足够勤勉了，甚至已经为自己的工作做出了很大牺牲——有人牺牲了睡眠，有人牺牲了一次和朋友共进晚餐的机会，也有人放弃了周末和家人的团聚。但是，你真的懂得什么才是真正的努力吗？为了在竞争激烈的时尚行业中出人头地，你必须做出这些牺牲。可如果你真的全身心地热爱并投入这个行业里来，你并不会计较自己牺牲了什么。

7.忧惧与你的工作如影随形。时尚圈里有人曾经说过，如果你常常心怀忧惧，那恰恰说明你正在尽力完成自己的工作。在这个行业里，你不仅要面对工作本身的风险，也要承受自尊受伤的痛苦。所以，尽可能地拥抱和享受这些吧，否则你无法在这种环境中幸存。

8.放下你的自尊吧。在你进入时尚行业之前，没有人会告诉你这个事

1　除非你即将去参加安娜·温图尔主持的面试。如果是那样的话，你现在就应该把书合上，然后赶紧滚去博物馆。

实。刚进入时尚界，你必须为别人的尊严服务，这也就意味着你必须放下自己的尊严。如果你想要获得别人的尊重，就必须埋头苦干，一步一个脚印地重新赢回自己的尊严，成为人人艳羡的时尚名流。然而在这之前，千万别带着自尊出门。先把别人打扮得光鲜亮丽，然后你才有可能出人头地。

9.乞求工作的机会。这世上绝没有不耕而食的好事。自己渴望得到的东西，一定要靠自己奋力争取。尤其是在竞争激烈的时尚行业，也许只有苦苦乞求才能换来一个机会。你会一次次地被自己的偶像拒之门外，却又不得不一次次地继续哀求。然而你不必觉得这是一件羞耻的事情：为自己热爱的工作卑躬屈膝并不丢人。

10.放下手机，享受生活。你会欣赏到这个世界上最华美的衣饰，也会在自由自在的派对里遇见这个世界上最美丽，也最有个性的人儿。那里还有美味的香槟和精致的蛋糕。享受这一切吧，敞开肚子吃！

图书在版编目（CIP）数据

秀场后排故事：一个真实的时尚圈 / ［美］艾米·奥德尔（Amy Odell）著；李逸译. --重庆：重庆大学出版社，2017.7（2018.10重印）

（时尚文化丛书）

书名原文：Tales from the back row：an outsider's view from inside the fashion industry

ISBN 978-7-5689-0552-7

Ⅰ.①秀…　Ⅱ.①艾…　②李…　Ⅲ.①纪实文学—美国—现代　Ⅳ.①I712.55

中国版本图书馆CIP数据核字（2017）第124595号

秀场后排故事：一个真实的时尚圈
XIUCHANG HOUPAI GUSHI：YIGE ZHENSHI DE SHISHANGQUAN
［美］艾米·奥德尔　著
李逸　译

责任编辑：张维　戴倩倩
责任校对：邬小梅
书本设计：小马　橙子

重庆大学出版社出版发行
出版人：易树平
社址：（401331）重庆市沙坪坝区大学城西路21号
网址：http://www.cqup.com.cn
全国新华书店经销
印刷：北京新华印刷有限公司

开本：890mm×1240mm　1/32　印张：6.75　字数：164千
2017年7月第1版　2018年10月第2次印刷
ISBN 978-7-5689-0552-7　定价：48.00元

版贸核渝字（2016）第046号